读图时代

悠悠

古音

Youyou Guyin

黄珊珊 ○ 编著

湖南美术出版社

图书在版编目(CIP)数据

悠悠古音 / 黄珊珊编著. —长沙：湖南美术出版社，
2011.6

ISBN 978-7-5356-4509-8

Ⅰ.①悠… Ⅱ.①黄… Ⅲ.①民族乐器—中国 Ⅳ.
①J632

中国版本图书馆 CIP 数据核字（2011）第 099587 号

悠悠古音

出 版 人：李小山

编   著：黄珊珊

责任编辑：李　坚　杜作波

出版发行：湖南美术出版社

　　　　　（长沙市东二环一段622号）

印   刷：长沙湘诚印刷有限公司

　　　　　（长沙市开福区伍家岭新码头95号）

经   销：湖南省新华书店

版   次：2011年6月第1版第1次印刷

开   本：889×1194　　1/24

印   张：6.5

书   号：ISBN 978-7-5356-4509-8

定   价：26.00元

邮购电话：0731-84787105　邮编：410016

网址：http://www.arts-press.com

电子邮箱：market@arts-press.com

如有倒装、破损、少页等印装质量问题，请与印刷厂联系斟换。

联系电话：0731-84363767

中国民族乐器历史悠久，源远流长，是中华传统文化中的绚丽瑰宝。早在先秦时期，我们勤劳智慧的华夏祖先便已创造出多种乐器。到了商周时代，周公制礼造乐，使器乐成为一种重要的仪式和制度。自秦汉以来，中国的乐器不断发展，并广泛吸收了大量的外来乐器，出现了多种传世乐器。这些传世乐器向人们展示了中华民族的智慧和创造力。

在我国的传世乐器中，尤为耳熟能详的古琴、琵琶、二胡、笛、箫和筝已经融入当今人们的生活中。它们演奏出的悠悠古曲，记载着历史的瞬间，沉淀着民族的情感，演绎出心灵的乐章。这些传世乐器背后都伴随着传奇的故事，而每一首古曲的背后也都记载着古人的情感和命运。伏羲伐桐，高山流水，凤求凰……透过典雅悠扬的古曲，面对着饱经沧桑的古老乐器，体味着曲中爱恨情愁、喜怒哀乐的情感，世人的遐想瞬间转换成美妙的画面。

某一时刻，情感与音乐会在一道闪光中碰撞——一种融合、一种超越时空的体验，就会产生在这悠悠古音中。

目录

悠悠古音 目录

第一章

古琴流韵

冷冷七弦上，静听松风寒。

古调虽自爱，今人多不弹。

——唐 刘长卿《弹琴》

独坐幽篁里，弹琴复长啸。

深林人不知，明月来相照。

　　这是唐代诗人王维所作《竹里馆》。诗中文人在夜凉如水的月下独自抚琴，一派静穆、安详之气，其中所提之琴就是"古琴"。

　　古琴，又称"瑶琴"，别名"七弦琴"、"玉琴"等，琴身多为狭长的木质音箱，上加厚漆，有七根弦。古琴是世界上最古老的弦乐器之一，也是我国最古老的弹拨乐器。它早在春秋时期就已盛行，在我国最早的诗歌总集《诗经》中与"瑟"并提，留下了"我有嘉宾，鼓瑟鼓琴，鼓瑟鼓琴，和乐且湛"的佳话。

　　琴与"禁"谐音，古语有云："琴者，禁也。禁止于邪，以正人心。"所以"琴"有禁止淫邪、存正气之意，常被看做是圣人之乐、圣人之器。古琴作为"贯众乐之长，统大雅之尊"的"八音之首"，是中国音乐的灵魂和精髓所在——上可登大雅之堂，为"圣人治世之音"，下可入寻常文人家，为"君子养修之物"。

"鸣凤"琴（宋）

在古琴漫长的发展史中，它和文人的生活结下了不解之缘。在"琴、棋、书、画"这四项文人修身之道中，古琴以其淡雅清和的音乐品格，寄寓了文人淡泊名利、超然物外的处世境界而居于首位。而历史上所记载的有关古琴的故事，更是令人备感其魅力的所在。从伯牙、子期《高山流水》遇知音，到司马相如《凤求凰》觅佳偶，再到嵇康千古绝唱《广陵散》，一张小小的古琴，演绎了多少令人动容的传说。

古琴的琴式

我国制造古琴的历史极为悠久，相传战国时期的思想家列子游泰山时"见霹雳伤柱，因以制琴，有大声"。此后制琴家层出不穷，如雷霄、雷威、张越等，给后世留下了诸如"九霄环佩"、"鹤鸣秋月"等名琴。

古琴有仲尼式、伏羲氏、凤势式、连珠式、落霞式、蕉叶式等多种样式，其取名多来自神话传说、历史典故或自然界的物象，每种名称都是一种象征。古琴琴式虽多，但主要是在颈部和腰部向内弯曲上有所不同。

仲尼式

又称"夫子"式，相传为孔子创制，在项腰处各呈方形凹入。

伏羲氏

造型宽裕古朴，项腰各有一半月形弯入。

连珠式

为隋逸士李疑所制，项腰各作三个连续半月形弯入，精巧玲珑。

落霞式

在琴的两侧呈对称的波形曲线。

古琴结构

为能充分振动，古琴面板一般多用桐木、杉木等松质木料制成。向内外侧呈瓦弧形，与底板胶合而成琴。相传古琴琴身最早是依据凤凰的身形而制，除七根琴弦，有头、颈、肩、腰、尾、足等部位。古琴演奏技法繁多，右手有托、擘、抹、挑、勾、剔、打、摘、轮、拨刺、撮、滚拂等；左手有吟、猱、绰、注、撞、进复、退复、起等。

承露
岳山边靠头一侧镶有一条硬木条称为承露。

琴徽
弦外侧的面板上嵌的十三个圆点标志，称为徽。为弦的泛音振动节点，在按音弹奏时可作为按音音准的参考。

岳山
额下端镶有架弦的硬木称为岳山，又称临岳，是琴的最高部分。

冠角
龙龈两侧的边饰称为冠角，又称焦尾。

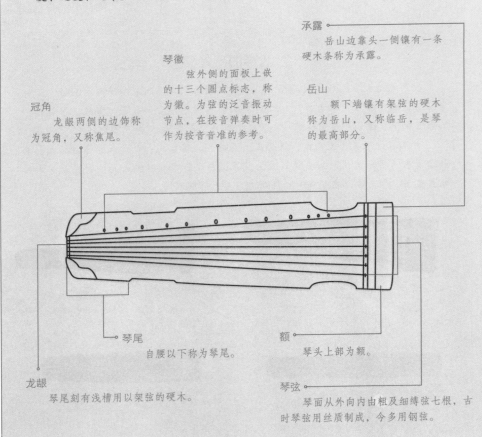

琴尾
自腰以下称为琴尾。

额
琴头上部为额。

龙龈
琴尾刻有浅槽用以架弦的硬木。

琴弦
琴面从外向内由粗及细缚弦七根，古时琴弦用丝质制成，今多用钢弦。

雁足
嵌入琴底，与底板的锲缝严密牢固，有支撑琴体与栓弦之用。

琴轸
又称弦轴，调节琴弦松紧长度、改变音高之用。中心头尾穿通，颈部旁侧有一斜孔与中心孔相通，侧孔斜向顶端。

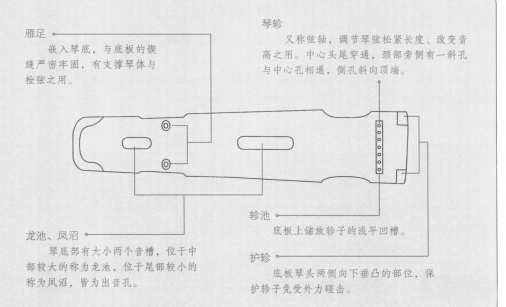

轸池
底板上储放轸子的浅平凹槽。

龙池、凤沼
琴底部有大小两个音槽，位于中部较大的称为龙池，位于尾部较小的称为凤沼，皆为出音孔。

护轸
底板琴头两侧向下垂凸的部位，保护轸子免受外力碰击。

北齐校书图[局部] 杨子华（北齐）

古琴制作工艺

　　古琴最重选材，唐代制琴家曾提出："选良材，用意深，五百年，有正音。"北宋沈括也提出"琴材欲轻、松、脆、滑"。面板要使用纹理顺直、年轮宽度均匀、硬度适中、无疤无蛀的木材，如杉木或桐木。底板宜选择材质稍硬、接近于梓木质地的木材，因为梓木能"以桐之虚合梓之实"，达到"刚柔相配"的效果。

制作底板

　　先把木料刨成符合琴形轮廓的大小，在上面挖出槽腹的底部，再将底面刨平，开凿出龙池、凤沼、雁足的位置。

制作面板

　　以底板为样板，先制作出琴面的外形，再制作其弧度。

开挖槽腹

　　槽腹也就是共鸣箱，对琴音优劣有直接影响。根据每块材料的硬度和纤维状况的不同，挖膛的深浅也大不相同。

合琴与修整

　　顺序是先把琴脚和底板按位置胶好，再将音柱与面板胶合。

上漆之前，要把配件一一做好。如岳山、承露、焦尾、龙龈、雁足等都要按样板制作出来。

即在古琴外表涂饰生漆。涂饰前，需要先在琴提外绑上一层麻木，然后涂上鹿角灰胎，其厚度据木质软硬而定，一般需涂两三道薄灰漆，再涂两道生漆，每一道基本干后再上第二道。生漆干后为黑色，之后可以加上不同颜料于生漆中，再涂上琴身，可获得不同的色彩。髹漆后，要对漆进行打磨，然后反复擦漆直至干透。

在琴面槽腹纳音两侧也常刻或书写制琴时的帝王年号年数、制琴者姓名籍贯及制作地点等字样。有的在琴的底面上刻一两行诗句，或一段工整小楷行书的序题，或一方印章。

斫琴图（宋代摹本）　顾恺之（晋）

此图描绘了古代文人学士制作古琴的场景，画中有十四人，或断板、或挖槽腹、或制弦、或试琴、或旁观指挥,是迄今仅见的一幅记录制琴过程的古画，也是目前发现的中国历史上唯一反映乐器制造的作品。

伏羲伐桐制瑶琴

伏羲

　　伏羲是中华民族人文始祖，他的活动，标志着中华文明的起始。

　　相传天帝伏羲一日巡视至西山桐林时，偶见金、木、水、火、土五星闪烁，霞光万道，天地间的光芒精华尽坠于一棵梧桐树上。他正觉得奇怪，又忽见两只美丽的大鸟翩然飞至，降落在这棵梧桐树上。这两只鸟一为"凤"，一为"凰"，是罕有的神鸟。

　　伏羲知道凤凰是百鸟之王，能通天祉、应地灵。因其高贵万分，故对天地间万物异常挑剔，非竹实不食，非梧桐不栖，非醴泉不饮。而今它单单选择栖息在这棵梧桐树上，可见此梧桐夺日月之精华，吸天地之灵气，实为树中极品良材。伏羲想，若用它来制造琴器，必能奏出雅乐。

当下伏羲便命人砍伐这株梧桐。此树高三丈三尺，伏羲就按着三十三天之数，将梧桐截为三段，分天、地、人三才。他用手扣触上段，发觉其音太过清亮，又用手扣触下段，却发觉其音太过沉浊，只有中间这段清浊相济、轻重相兼。伏羲大喜，就将这中段梧桐木浸泡在流水中，按七十二候之数，足足浸了七十二天。之后，卜得一良辰吉日，命巧手匠人刘子奇将其造成乐器。

一开始刘子奇不知道怎样下手，于是伏羲就命他按照周天三百六十五度之数将这段桐木削成三尺六寸五分长，又按四时八节之数，定为前阔八寸、后宽四寸，然后按阴阳两仪之数定下高度，同时外按金木水火土五行，内照宫商角徵羽五音安置五根琴弦。最终，一张绝世的好乐器终于修炼出山。

景德镇窑五彩凤凰梧桐纹盘（清 康熙）　　　　景德镇窑五彩百鸟朝凤图盘（清 康熙）

凤凰是吉祥和谐的象征，是代表幸福的灵物，百鸟朝凤气氛热烈，更是中华民族向往和平与祈福的传统心态写照。

伏羲又想到百鸟朝凤的情景，据此制定乐曲，供人弹唱。于是每当人间庆贺丰收或遇佳节喜事，人们便举办盛大的宴会，更在宴会上用这张新制的乐器弹唱伏羲创造的乐曲，欢喜无限。到了王母娘娘在天宫瑶池邀请众神的日子，为了让仙界也得一闻清歌雅乐，王母命伏羲将制造的乐器拿来，当场演奏。众天神陶醉在这美妙的音乐中，因见此乐器外形奇特，便按着当今梧桐为树中之王、凤凰为百鸟之王的象形之意将之命名为"琴"，又因为他们是头一回在天宫瑶池见到它，就把它唤做"瑶琴"。

这便是"伏羲伐桐制瑶琴"的传说，而琴，这件美好的乐器，也因此流传下来。正是弦歌雅乐，流韵人间。

蓬莱仙境图 袁耀（清）

相传俞伯牙年轻时拜著名琴师成连为师，通过几年的学习，其琴声虽悠扬、悦耳，但总达不到老师那种天阔地炯的境界。后来俞伯牙在老师的指引下来到蓬莱，受自然的熏陶，心境豁然开朗，琴艺终有所成。

高山流水遇知音

这是一则流传了两千多年的佳话。

春秋战国时期，楚人俞伯牙，因通音律，在晋国任士大夫一职。一年秋天，俞伯牙奉命出使楚国，路过汉江时，因心有所感，便命童子停舟焚香，自己抚琴一曲。时正值中秋之夜，月明星稀，大江东去，当此良景，伯牙轻抹琴弦，意欲抒发自己身为楚人却侍奉晋主的无奈心情。不料一曲未毕，琴弦忽断，伯牙知此间有异，忙命人上岸搜寻，于乱石丛中寻得一衣衫褴褛的樵夫。伯牙与其对谈琴艺，言语间惊觉此人修为颇高，是个避世的隐士，当下邀请他入舟听琴赏月。此人便是钟子期。

俞伯牙和钟子期，两人一善弹琴，一善听琴。伯牙续弦重弹一曲，志在高山。子期在旁聆听，不由感慨道："善哉，峨峨兮若泰山！"（形容乐曲表现高山气势雄伟之姿）。伯牙继续弹奏，志在流水，子期点头赞叹："善哉！洋洋乎若江河！"（形容乐曲表现江河壮阔之境）。两人心领神会，彼此相通，对于音乐的悟性难分伯仲。伯牙心中所念，俱在琴音中表现出来，而为子期领悟，一曲高山流水，缔结了两人喜逢知音的缘分。

携琴访友图 黄慎（清）

然而天有不测风云。当伯牙故地重游，欲访老友时，却听闻子期已因病亡故。伯牙悲伤不已，来到故人坟头，重抚一曲高山流水以祭慰乐友的亡灵。可此时四周空山寂寂，唯闻琴音凄清，那些波澜壮阔、高山巍巍的琴中气象又有谁还能意会呢？伯牙心中凄凉，愈弹愈悲，忍不住放声痛哭。哭到肝肠寸断、天地变色之际，伯牙忽然站起身来，把手中的七尺瑶琴狠狠往地上一砸，砸得粉碎，而后仰天叹道："摔碎瑶琴凤尾寒，子期不在对谁弹！"伯牙心中知道，子期一死，他这一生一世不会再碰琴一下了，因为茫茫人海，知音难求，再也没有一个人值得他为之鼓琴了。

自此，"高山流水"一词代代相传，在后世关于友谊的表述中独树一帜，成为朋友间难得知己、心曲相通的比喻。

悠悠古音

《高山流水》

　　《高山流水》取材于"伯牙鼓琴遇知音"，有多个谱本。《吕氏春秋》中有关于此曲的故事记载。此曲乐谱最早见于明朝《神奇秘谱》，解题为："《高山》、《流水》二曲，本只一曲。初志在乎高山，言仁者乐山之意。后志在乎流水，言智者乐水之意。至唐分为两曲，不分段数。至宋分高山为四段，流水为八段。"

　　随着古琴演奏艺术的发展，《高山》、《流水》在后世的流传中不断变化着。到了清代唐彝铭所编《天闻阁琴谱》中，收录了川派琴家张孔山改编的《流水》，增加了以"滚、拂、绰、注"手法作流水声的第六段，人称"七十二滚拂流水"，描摹流水情景逼真，别具特色。后世琴师多据此谱演奏。

　　《流水》一曲曾被录制为光碟，于1977年8月22日随美国"旅行者"号宇宙飞船发射升空，在茫茫宇宙中寻觅天外"知音"。

　　《高山流水》一曲在引子部分乐曲的旋律并不明显，音色沉浊而含混，仿佛高山之巅云气氤氲，给人一种神秘的感觉。随着这层神秘面纱慢慢揭去，清脆的琴音开始打破适才含糊的音色，予人以活泼、灵动之感，就像一股山泉静静涌流，一路琤琮而下。曲子的二三段若屏息静听，仿佛置身山间，缠绕耳际的是那松根下的细流清冷流动之声。而曲子的四五段，旋律依然清脆舒朗，琴声悠扬，适才的那股山泉在山间轻快流动，给人赏心悦目之感。

　　接着，便是此曲的高潮部分。旋律的跌宕起伏，由几个大幅度的上、下滑音显现出来，而连续的"猛滚、慢拂"指法，更模拟出流水急促涌动，百溪相汇的盛况。此段是全曲的技法精华所在，各种泛音、"滚、拂、绰、注"等指法的并用，描绘着流水瞬息万变的动态；同时，急促猛烈的旋律变化，更营造出水流"极腾沸澎湃之观，具蛟龙怒吼之象"。这一刻，但觉"危舟过巫峡，目眩神移、惊心动魄"；此一刹，又似惊风骤雨，瀑布飞流，疑置身于群山奔赴、万壑争流之际。

　　险境已过，接下来的第七段音势大减，乐曲旋律平静，指法复归平稳，就如惊雷过后，水波不兴，野花啼鸟，绿平如镜，又似"轻舟已过，势就徜徉，时而余波激石，时而旋洑微沤"，隐隐约约的乐音跳动，提醒着人们刚才那一番的疾风骤雨。跟着的八、九段，属古琴曲结构中的"复起"部分，出现前面四五段的旋律，就好似流水平缓之后又沿路遇山石，于山间跳跃之际，迸发出不可遏止的新一轮热情和动感，流水缠绵之意便一路引向无穷境界。

最后，几个漂亮的尾音最终将情感定格于流水之美上，让人长久地感怀和品味这番"洋洋乎若江海"的情境，充分抒发了仁者乐山，智者乐水之意。

万壑争流 任熊（清）

钟仪操琴感晋侯

战国时期，郑国和楚国交战，郑国为了讨好晋国，把俘获的一批楚国俘虏送给了晋国。这批俘虏中就有楚国的琴师钟仪。

钟仪是古书上有记载的最早的古琴演奏家，他家世代都是宫廷琴师。如今作为俘虏在晋国生活，钟仪十分思念自己的家乡。

当时晋的国君是景公，有次他到军中视察，刚好看到钟仪，得知他是楚国的琴师，马上命人拿来古琴，要求钟仪为他弹奏一曲。此时的钟仪思乡心切，万分思念自己的家人，所以并没因为晋景公在场就弹奏晋国的音乐，而是依旧弹奏楚调。一曲思乡的楚调，一种深沉的情怀，钟仪的琴声似乎也带着他的心飘回了楚国。

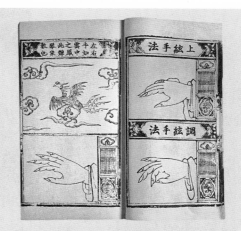

《太音大全》手势图

古琴不仅以优美深沉的音韵打动听者，其演奏动作也是行云流水。

右手指法主要为擘、托、抹、挑、勾、踢、打、摘，及轮锁、叠涓、撮、滚、拂、历、双弹、打圆等。

左手指法主要分为按音与滑音。按音有跪、带起、罨、推出、爪起、掐起、同声等。滑音有吟、猱、唤、进复、退复、分开等。

晋景公被深深地感动了，问他叫什么名字，他说自己的父亲是宫廷里的琴师。晋景公又问他楚庄王是怎样一个人，他说楚庄王小时候像别的小孩子一样喜欢玩耍睡觉。晋臣范文子对晋景公说："这个楚国琴师弹琴只弹楚国的音乐，这是不忘旧；不说自己的姓名而说他父亲，这是不忘本；说父亲是楚臣，这是表示对楚王的尊重；问他君王的情况，他只说楚王小时候的事，这是无私。不忘旧是信，不忘本是仁，尊君是敬，无私是忠。他有信、仁、敬、忠这四德，必定是个真君子。"晋景公听范文子这么一说，决定以外交使臣的待遇款待钟仪，还赠送了一张古琴给他，并让他重返故土。从此晋国与楚国和平相处。

松下鸣琴图 朱德润（元）

琴之九德

　　谓琴之九德，是说一张理想的琴，应具备九条标准，即所谓：奇、古、透、静、润、圆、清、匀、芳。明代《琴书大全·琴制》中对其有详细的介绍。

　　一曰"奇"：谓轻、松、脆、滑者乃可称奇。盖轻者，其材轻；松者，扣而其声透，久年之材也；脆者，质紧而木声清长，裂纹断断，老桐之材也；滑者，质泽声润，近水之材也。

　　二曰"古"：谓淳淡中有金石韵，盖缘桐之所产得地而然也。有淳淡而无金石韵，则近乎浊；有金石韵而无淳淡声，则止乎清。二者备，乃谓之"古"。

　　三曰"透"：谓岁月绵远，胶漆干匮，发音响亮而不咽塞。

　　四曰"静"：谓之无杀飒以乱正声。

　　五曰"润"：谓发声不燥，韵长不绝，清远可爱。

　　六曰"圆"：谓声韵浑然而不破散。

　　七曰"清"：谓发声如风中之铎。

　　八曰"匀"：谓七弦俱清圆，而无三实四虚之病。

　　九曰"芳"：谓愈弹而声愈出，而无弹久声乏之病。

伯牙鼓琴图　王振鹏（元）

古琴为媒凤求凰

司马迁著《史记》惜墨如金，极少涉及男女情爱之事，却独独对司马相如和卓文君的故事情有独钟，为后世人描绘了一幅琴为媒、凤求凰的画面。

司马相如是西汉的大文学家、大辞赋家，多才多艺，尤擅操琴。汉景帝曾封他为"武骑常侍"。然而，为官并不是司马相如的初衷，他借病辞官回家。

司马相如在成都老家贫困交加，无法生活，恰好得到临邛县县令王吉的资助，便去了临邛。这个王吉对相如异常恭敬，天天去看望他。王吉的举动引起了临邛县大户人家的猜测，他们看县令那个殷勤劲，莫不是来了什么贵人？于是也都争先恐后纷纷邀请司马相如到自己家做客，并以此为荣。但司马相如却总是装病予以推辞。在这些大户人家当中，有一位叫卓王孙的，富甲一方，家中光是仆人就有八百余人。他和另一富人程郑商定，打算宴请司马相如，并邀县令作陪。没想到，这次司马相如居然很爽快地答应了。这是怎么回事呢？

原来卓王孙有一个女儿叫卓文君，生得"眉色如望远山，脸际常若芙蓉，肌肤柔滑如脂"，此时正新寡在家。而司马相如仰慕已久，正好可以借此机会表明心迹。

这天，卓王孙家宾客济济一堂，都在等候久闻大名的司马相如的到来。司马相如姗姗来迟。他虽身着素衫，但眉宇之间那儒雅英俊的风采令众人暗暗喝彩，尤其被躲在门后的卓王孙之女卓文君看在眼里。

酒过三巡，县令王吉献上一张琴道："听说您喜欢弹琴，不妨就在此间弹上一曲，让在座的诸位领教领教如何？"此话正中司马相如的下怀。只见他手拨琴弦，轻声吟唱：

凤兮凤兮归故乡，遨游四海求其凰。
时未遇兮无所将，何悟今兮升斯堂。
有艳淑女在闺房，室迩人遐毒我肠。
何缘交颈为鸳鸯，胡颉颃兮共翱翔。

这琴声穿透重重珠帘，直沁文君肺腑。琴中歌咏的凤求凰，是再清楚不过的意思了，这是司马相如在向她表述自己的心声。虽然此前他们从未相见，更没有片言只语的交谈，但是心心相印的感觉却油然而至。

大厅里，琴声流转，清丽委婉；珠帘后，美人心醉，情难自禁。

当晚，卓文君作出了一个惊世骇俗的决定——与司马相如私奔。

唐代诗人张祜为此作了一首《司马相如琴歌》：

> 凤兮凤兮非无凰，山重水阔不可量。
> 梧桐结阴在朝阳，濯羽弱水鸣高翔。

"凤求凰"的故事成为人们追求爱情的千古佳话。

卓文君像

四张名琴

我国历史中出现过很多名琴，其中最为著名的是号钟、绕梁、绿绮和焦尾，并有故事流传。

号钟

号钟产自周代，传说著名琴家伯牙曾弹奏过此琴。用号钟弹奏出来的乐声，洪亮犹如钟声激荡，震耳欲聋。后来，这张古琴转到齐桓公手中。齐桓公是个爱琴之人，收藏有很多名琴，但最是喜爱号钟。

齐桓公不仅是贤明的君主，还通晓音律，是个出色的琴师，常常自己弹奏。他每每弹奏时，就让下面的乐官敲响牛角，一齐高歌。号钟悲凉的旋律配上凄切的牛角声，常常是听完一曲，齐桓公身旁的侍者已是泪流满面。

绕梁

传说古代有一位善歌者名叫韩娥，她在去齐国的路上没了盘缠，只好卖唱筹集路费。韩娥的歌声婉转动听，即使过去了两三天，美妙悠扬的歌声依然在屋梁间缭绕回荡。后来人们就用"余音绕梁，三日不绝"来形容音乐的悠扬动听。而古琴能用"绕梁"来命名，也足见这张古琴的音色必不一般。

一个名叫华元的人把一张叫做"绕梁"的古琴送给了楚庄王。楚庄王十分喜欢，自此就日日弹奏，陶醉在古琴与音乐之中。一连七天，他都没去上朝，朝政之事均不过问，国家大事皆抛脑后。

王妃樊姬看到楚庄王这样沉迷于音乐与古琴甚是忧虑，就前去规劝："君王，回望历史，夏桀酷爱'妹喜'之瑟，招致了杀身之祸；纣王误听靡靡之音，失去了江山社稷。现在，君王如此喜爱'绕梁'之琴，七日不临朝，难道也愿意丧失国家和性命吗？"

楚庄王听了爱妃的劝诫，知道自己有"玩物丧志"之嫌，但却又没有毅力阻止绕梁对自己的诱惑。于是为了江山社稷，他只得忍痛割爱，砸了这把绝世好琴。

绿绮

　　绿绮是一把传世名琴，琴内刻有"桐梓合精"，意为是桐木、梓木相结合的精华，这把上等好琴原为汉代梁王所有。

　　汉景帝的弟弟梁王慕司马相如的才学，常请他为自己作赋。司马相如应邀写了一篇《如玉赋》，用词华丽，气韵不凡。梁王看过后非常高兴，知道司马相如弹的一手好琴，当场就把自己收藏的"绿绮"送给了他。

　　司马相如得到梁王所赠的绿绮后，如获至宝，分外珍惜。这把"绿绮"也因此而名扬天下，后来人们干脆把古琴都称为"绿绮"。

焦尾

　　东汉著名的文学家、音乐家蔡邕爱好音乐，精通音律，弹奏中的一点点小错误都逃不过他的耳朵。由于政治上的排挤，蔡邕逃离梁王京城，到吴地隐居了下来。

　　有一天，邻家烧饭时木材爆裂的声音正好被他听到。蔡邕觉得这声音非比寻常，立刻赶到这户人家，把木材抢救出来制琴。琴制成之后，果然音响绝伦，可由于尾部已被炊火烧焦，所以称其为"焦尾琴"。至今，古琴的尾部仍被称作"焦尾"，典故即出自于此。

幽篁坐啸图 禹之鼎（清）

蔡女昔造胡笳声

大漠孤烟，长河日圆，马蹄猎猎，胡笳哀哀。在漫天黄沙中，一组长长的车队和着驼铃声逶迤而来。

毡帐里，一位汉装妇人却手抚七弦琴，泪如雨下。因为这一刻，她虽然踏上了回归故土的漫漫长途，却不得不抛下两个亲生的骨肉。这世间，没有什么比生离死别更让人痛苦的事了。琴声呜咽，如泣如诉，哀怨的琴声让人伤心落泪，声高则苍悠凄楚，声低则深沉哀婉。道不尽的离别之情，唱不完的千回百转，皆在这一曲《胡笳十八拍》中。

唐代诗人李颀有诗为证：

蔡女昔造胡笳声，一弹一十有八拍。

胡人落泪沾边草，汉使断肠对客归。

这位汉装妇人，就是东汉末年著名文学家、史学家蔡邕的女儿蔡琰，又名蔡文姬。蔡邕善于弹琴，精通音律，曾创作过被称为"蔡氏五弄"的《游春》、《渌水》、《幽居》、《坐愁》、《秋思》五首琴曲。生长在这样一个家庭里，蔡文姬耳濡目染，自小就

天赋异禀。一天傍晚，蔡邕正在独自弹琴，忽然琴弦断了一根，六岁的文姬立刻辨明弹断的是第二根弦。蔡邕非常惊奇，以为她是偶然说对了，就故意又弄断了一根弦，谁知文姬脱口便答"是第四根"，令蔡邕大为惊喜。

文姬虽然多才多艺，可命途多舛。十五岁时，蔡邕蒙冤而死，不久，母亲也因悲伤过度而亡故。蔡文姬嫁给了河东卫仲道，但第二年丈夫就暴病死去了。时逢汉末战乱，匈奴入侵中原，文姬被胡人掳走，成了匈奴左贤王的王妃，并生养了两个孩子。胡地的恶劣气候，与汉族迥异的文化、生活习惯，令文姬饱受其苦，身处异邦十三年，她无时无刻不思念着自己的故乡。

终于在公元208年，父亲的老朋友曹操派人出使匈奴，大兵压境加金银财宝，赎回了文姬。可此时，虽然文姬梦寐以求的归国夙愿即将梦想成真，但接踵而来的却是和亲生骨肉分离的痛苦，这令她陷入了去留两难的矛盾之中。文姬最

蔡邕像

蔡邕（133~192），字伯喈，陈留（今河南省开封市陈留镇）圉人。蔡邕博学多识，通经史，喜好数术、天文，妙操音律，善鼓琴、绘画，擅长辞章，精工篆隶。灵帝时曾任议郎，后因弹劾宦官，遭诬陷，流放朔方。遇赦后，亡命江湖十余载。汉献帝时，董卓专权，强令蔡邕为侍御史，拜左中郎将。董卓遭诛后，蔡邕亦被捕，死于狱中。

文姬归汉图 陈居中（南宋）

终选择了离开胡地，重返中原。然而回到生养自己的家乡，却要失去自己生养的亲儿，"喜得生还兮逢圣君，嗟别稚子兮会无因"，这份难以割舍的骨肉情结如同烈焰，深深煎熬着她的心灵。

于是，《胡笳十八拍》，这首谱入了文姬一生辛酸经历的古琴曲，就这样问世了。这首琴曲，充满着震撼人心的悲音美，抒发了文姬蕴有深邃精神内涵的种种悲情，用大文豪郭沫若先生的话说："那像滚滚不尽的海涛，那像喷发着熔岩的活火山，那是用整个的灵魂吐诉出来的绝叫。"

《胡笳十八拍》

　　《胡笳十八拍》是一首著名的古琴曲，描写了文姬入胡归汉的悲惨身世，其歌词初见于南宋朱熹所编《楚辞后语》，关于其词作者的问题目前尚有争论。据古琴家统计，《胡笳十八拍》共有三十九个不同的古刻本，而能唱的谱，只有明万历三十九年（1611）孙丕显所刻的琴谱《琴适》一个版本流传下来。

　　《胡笳十八拍》主要内容有二：一是倾诉蔡文姬身在胡地却心系故乡的心情，二是抒发其痛别稚子的哀怨与悲伤。它由十八段音乐构成一个有头有尾、承接分明的统一整体。

　　全曲的第一拍是引子，概括叙述文姬身逢乱世迫入胡地嫁为左贤王妃的前史；第二拍至第九拍是对坎坷身世的展开，同时还对异乡风俗作了交代，衬托出文姬对故土的思念；第十拍是个小结，总结前面，引出后面；第十一拍开始进入全曲的转折；第十二拍是整首琴歌中唯一一拍表达喜悦之情的段落，此段交代文姬得知自己被赎，得偿归乡夙愿的欣喜，但马上又要嗟别稚子，转为新的悲痛；第十三拍至第十七拍是新的段落，文姬在归乡的喜悦中交织着生离骨肉的哀伤，悲喜交集，而生离之痛缠绵不绝，深入骨髓；第十八拍是尾声，情感激越，结束全曲。

　　《胡笳十八拍》中将西域吹奏乐器胡笳的悲凉音调化入古琴声中，融汉、蒙两家不同的音乐元素于一体，毫无人工雕琢斧削的痕迹。全曲跌宕起伏、一气呵成：时而低回，诉说北雁南飞而自己却有家难归的思乡之情；时而苍凉，感慨离乱时节兵荒马乱民卒流亡的萧条；时而激昂，发出自己被逼留在胡地、欲和命运抗争到底的内心呼声；时而凄厉，那是为了归国，不得不与爱儿从此天各一方的嗟别。整曲音乐胜在节奏富于变化，曲调中变化音运用所带来的各种离调色彩在长律或短琴而起，或高展联落的联跌中将曲中饱含的深沉如海、澎河如流的情感发挥得淋漓尽致。

千古绝唱《广陵散》

在中国的历史上，曾经有那么一个时期，政事多变，兵荒马乱，那是无序而黑暗的魏末乱世。

乱世之中，杰才辈出，为首的风流名士便是为人称道的"竹林七贤"：阮籍、嵇康、阮咸、山涛、向秀、王戎和刘伶。

性格各异的七位名士命运不同，却有着共同的志趣和爱好，爱吟诗，深信老庄哲学，时常相约在竹林饮酒纵歌、泼墨挥毫，而且，他们都对音乐有着很深的造诣。

阮籍，博览群书，善于弹琴，他在诗中写道"夜中不能寐，起坐弹鸣琴"、"青云蔽前庭，素琴凄我心"。相传古琴曲《酒狂》为阮籍所作，他醉酒后脚步凌乱，闻曲如见其人。唐代诗人孟浩然倾心描绘出这狂放不羁的弹琴之人：

> 阮籍推名饮，清风坐竹林。
> 半酣下衫袖，拂拭龙唇琴。
> 一杯弹一曲，不觉夕阳沉。
> 余意在山水，闻之谐凤心。

阮咸，一位杰出的音乐家，擅长弹奏的乐器便是以己之名称谓的"阮咸"，流传一千七百多年，直至今朝。

竹林

　　在这竹林七子中，最为人称道的则是嵇康，一位"上不臣天子，下不事王侯，轻时傲世，不为物用"的锋芒毕露的豪迈之士。

　　嵇康，字叔夜，是"竹林七贤"的领袖人物，他不仅具有极高的文学素养和音乐才华，而且骨骼清奇，天生飘逸，史载"嵇叔夜之为人也，岩岩若孤松之独立，其醉也，傀俄若玉山之将崩"。"嵇志清峻"，他是一个极具个性的人，绝不随波逐流。他曾经在曹氏当权的时候做过中散大夫一职。司马氏掌权之后，政治日渐腐败黑暗，他宁可隐居竹林，也不愿踏入官场一步。嵇康不爱与人结交，他曾说过："所与神交者，唯陈留阮籍，河内山涛。"可仅仅因为山涛推荐他出世做官，他就写了一封《与山巨源绝交书》，表明自己不入仕途的心志。

　　这样一位爱憎分明、极具个性的人，他喜欢的音乐必然也与众不同。"目送归鸿，手挥五弦。俯仰自得，游心太玄。"这是嵇康弹琴之境界。

　　据刘籍《琴议》记载，嵇康非常喜欢《广陵散》一曲，经常弹奏它，有许多人登门求教，但嵇康概不传授。

嵇康

　　嵇康通晓音律，尤其喜爱弹琴，著有音乐理论著作《琴赋》、《声无哀乐论》。他主张声音的本质是"和"，合于天地是音乐的最高境界，认为喜怒哀乐从本质上讲并不是音乐的感情而是人的情感。嵇康作有《风入松》，相传《孤馆遇神》亦为嵇康所作。又作《长清》、《短清》、《长侧》、《短侧》四曲，被称为"嵇氏四弄"，与蔡邕创作的"蔡氏五弄"合称"九弄"，是我国古代一组著名琴曲。隋代"九弄"曾是科举取士的条件之一。

　　《广陵散》这首琴曲，讲述的是聂政刺韩王的悲壮之事。相传聂政是一名造剑工匠的儿子，其父造剑误期，被韩王杀害。聂政为替父报仇，在第一次谋刺失败后入深山十年，苦学琴艺，身怀绝技后出山到韩国城前奏琴。韩王召其入宫，聂政终于在演奏时寻机从琴中抽出刀来，刺死韩王。为了不让自己的母亲遭到连累，他"自犁剥面皮，断其形体"，毁容自刳，壮烈牺牲。

　　曲中饱含的正义、英勇之举深深契合嵇康的气质，他常以此曲来激励自己。

　　嵇康公开宣扬自己"非汤武而薄周孔"，反感封建统治者的礼乐教化，这让当权者难以忍。他刚直不阿、与统治者拒不合作的态度，引起了司马氏集团的恐慌。终于，司马氏下令处死嵇康。

悠悠
古音

在洛阳东郊的刑场上，三千太学生黑压压跪了一地，恳请赦免一代名士嵇康，并让其担任太学导师。然而，他们的苦苦哀求只换来"弗许"两字。临刑前，嵇康神情自若，他环视着这些用泪水为其送行的学生，忽然，用出人意料的口吻问道："可有谁带着琴来？"一旁的学生连忙递上一张琴。嵇康淡淡一笑，从容自如地弹奏起《广陵散》来。

顿时，那慷慨激昂的琴声奏响在天地之间，化作投韩之剑，化作雷霆之怒，化作贯虹之气，化作指天之呼，久久回荡在每一个人的心头。一曲弹毕，嵇康仰天叹道："袁孝尼尝请学此散，吾靳固不与，《广陵散》于今绝矣！"言毕，引颈就戮。

嵇康临刑索琴而弹的举动，充满着磊落不羁的慷慨风度，他悲壮的死更为这首千古绝唱《广陵散》染上了一层悲剧性的浪漫色彩。

弹琴图 任薰（清）

悠悠古音

《广陵散》

　　《广陵散》又名《广陵止息》，是我国著名古曲，历代琴家对此曲倍为推崇。早在东汉末年，史籍就已有关于此曲演奏的记载。北宋《琴书·止息序》称其"怨恨凄恻，即如幽冥鬼神之声。邕邕容容，言语清冷。及其怫郁慷慨，又亦隐隐轰轰，风雨亭亭，纷披灿烂，戈矛纵横。粗略言之，不能尽其美也"。曲中讲述了刺客聂政为父复仇刺杀韩王的悲壮故事。

　　现传曲谱最早见于明代《神奇秘谱》，共分四十五段，曲谱中有"刺韩"、"发怒"、"冲冠"、"投剑"等小标题。全曲以"正声"为主体，细腻详尽地刻画了聂政从隐忍含怨到怒发冲冠、激愤难止的心理活动过程。

　　全曲节奏强弱有致，变化多端，时而有深沉慷慨的哭诉衷肠，时而有气壮山河的凌云义举。表达幽怨时，凄婉清脆；表达激昂处，雷霆万钧，颇富杀伐之气。整首琴曲一波三折，令人沉浸其中，不能自拔。其充沛的情感、鲜明的人物、深刻的内容、豪迈的气势，成就了我国古琴音乐史上一颗最为闪亮的明珠。

剑胆琴心的侠客聂政

　　聂政(?~前397)，战国时期四大刺客之一。相传聂政的父亲为韩王所杀，聂政为了替父报仇，于深山中学习韩王喜好的古琴，以便接近他。琴艺学成后，聂政携琴到了韩国。韩王闻其琴艺高超，便召聂政弹琴给他听。聂政带着琴和早已准备好的短剑进宫，当他弹到最精彩的段落时，乘韩王不备将其刺死。

第二章

琵琶歌行

毛延寿画欲通神，忍为黄金不为人。

马上琵琶行万里，汉宫长有隔生春。

——唐 李商隐《相和歌辞·王昭君》

美丽而迷人的乐器琵琶，在我国的文化史上具有独特的地位，历经千载，浸染风流，呈现出一种灵动、华美、大气的风采。

琵琶，是我国传统民族乐器之一，距今已有两千多年的历史。"琵琶"两字最早见于东汉刘熙的《释名》："批把本出于胡中，马上所鼓也。推手前曰批，引手却曰把，象其鼓时，因以为名也。"意即批把是骑在马上弹奏的乐器，用手往前弹称做"批"，往后挑叫做"把"，根据演奏特点将其命名为"批把"。在后世的流传中批把逐渐被更替为"琵琶"，沿用至今。

在历史的回忆中，琵琶多了几分神秘与柔情的色彩，出现的画面都是美女抱着琵琶，弹着悠悠的曲子，或哀怨或激动或抒情。为了爱情、为了恩情，抑或是为了悲情，一支琵琶弹奏出人间百态，演绎着不同人的不同生活、不同人的不同命运。

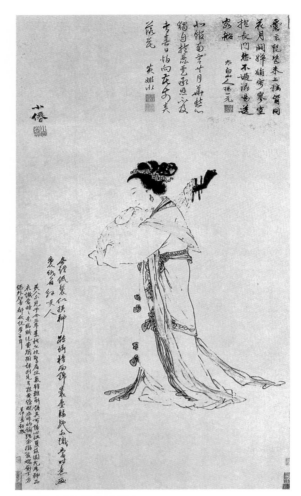

琵琶美人图 吴伟（明）

琵琶的结构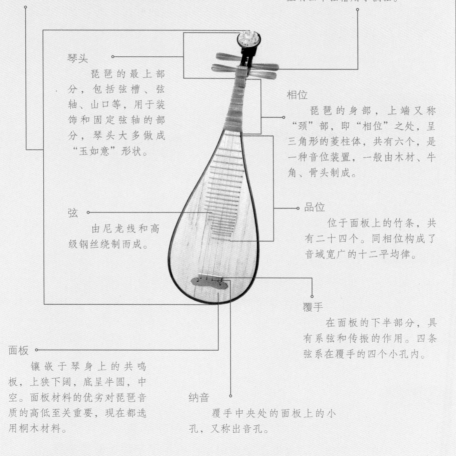

琴身

　　琵琶的最大组成部分，包括相位、品位、音箱、覆手等部分。通常是由整快木料挖成半瓢形状，它和面板粘接在一起构成共鸣箱体。

山口

　　在琴身和琴头连接的地方，上有四个弦槽用于搁弦。

琴头

　　琵琶的最上部分，包括弦槽、弦轴、山口等，用于装饰和固定弦轴的部分，琴头大多做成"玉如意"形状。

相位

　　琵琶的身部，上端又称"颈"部，即"相位"之处，呈三角形的菱柱体，共有六个，是一种音位装置，一般由木材、牛角、骨头制成。

弦

　　由尼龙线和高级钢丝绕制而成。

品位

　　位于面板上的竹条，共有二十四个。同相位构成了音域宽广的十二平均律。

覆手

　　在面板的下半部分，具有系弦和传振的作用。四条弦系在覆手的四个小孔内。

面板

　　镶嵌于琴身上的共鸣板，上狭下阔，底呈半圆，中空。面板材料的优劣对琵琶音质的高低至关重要，现在都选用桐木材料。

纳音

　　覆手中央处的面板上的小孔，又称出音孔。

琵琶制作工艺

选 材

琵琶制作在选材上要求非常苛求，需用紫檀、红木、乌木之类的上等好材，通常还需要三到五年的时间等其自然风干后才可以使用。

制作框架

将木料制成琵琶的毛坯，先在毛坯上用样板划出琵琶的形状，再进行凿膛，使之成为空的腔体。然后用手工将琴身打磨成形后，进一步加工至琴体光洁、符合要求为止。

安装面板

在琴体内侧起槽，嵌入面板，安装音梁后用猪皮鳔固定。等鳔胶干透后将面板黏牢，并用绳子捆扎牢固。等面板黏结牢固后，松开绳子刮滑面板，使之光净。

安装山口

在琴颈制作轴眼。同时需要制作琵琶头，琵琶头的用料需和琴身相符。接着是安装山口，把覆手与面板黏结牢固。

制作琵琶轴

其木料应与琴体相吻合，将琴轴仔细安装在轴眼里，须一丝不苟，严格合缝，然后安装琴弦。

确定品位

琴弦安好后，进行排相和排品。先笔量画出品的位置，再用校音器校出准确的声音位置，然后将品（多用竹子制成）黏牢于面板上，不断调适，直到音色准确为止。

上　漆

至此，琵琶制作基本完成。

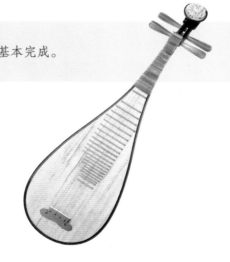

琵琶声声昭君怨

在长江三峡中有个叫秭归的地方，这里江水湍急，日夜不停地咆哮奔涌，两岸的悬崖峭壁令人胆寒。

就是在这样一个地方，诞生了伟大的爱国诗人屈原，同样是在这里，出生了一个貌美如花的姑娘，她就是王昭君。

汉元帝建昭元年（前38年），宫中下诏挑选美女入宫，昭君如空谷幽兰，天生的绝代芳容，自然被选中。可是，她仅仅因为没有贿赂画师毛延寿，便被其怀恨在心，画像时故意把她画得相貌平平，还额外加了个黑痣。皇帝自然无缘得悉她的美貌。昭君的花样年华也在随着时间流逝寸寸消逝。

午夜梦回，孤独与凄清绕遍周身。一个清秋飘雨的日子，滴滴冷雨敲击着窗子，昭君想起了家中的亲人，想起了秭归奔腾咆哮的江水，《五更哀怨曲》伴着充满哀愁的琵琶声在昭君的屋子里回荡着：

一更天，最心伤，爹娘爱我如珍宝，在家和乐世难寻；如今样样有，珍珠绮罗新，羊羔美酒享不尽，忆起家园泪满襟。

二更里，细思量，忍抛亲思三千里，爹娘年迈靠何人？宫中无

图片提供：全景正片

音讯，日夜想昭君，朝思暮想心不定，只望进京见朝廷。

三更里，夜半天。黄昏月夜苦忧煎，帐底孤单不成眠；相思情无已，薄命断姻缘，春夏秋冬人虚度，痴心一片亦堪怜。

四更里，苦难当，凄凄惨惨泪汪汪，妾身命苦人断肠；可恨毛延寿，画笔欺君王，未蒙召幸作凤凰，冷落宫中受凄凉。

五更里，梦难成，深宫内院冷清清，良宵一夜虚抛掷，父母空想女，女亦倍思亲，命里如此可奈何，自叹人生皆有定。

后来匈奴首领呼韩邪单于来中原和亲，皇帝不想让公主远行，便从宫女中挑选一个人远嫁匈奴。昭君毅然上书，请求嫁于呼韩邪单于。

临行前，皇帝召见昭君，方才发现她绝代风姿，心下懊悔，然而金口已开，唯有忍痛割爱，送之远行。

昭君出塞图　倪田（近代）

王昭君到匈奴后，被封为"宁胡阏氏"，相当于王后。后来呼韩邪单于在西汉的支持下控制了匈奴全境，从而使匈奴与汉朝结好长达半个世纪。

王昭君

　　昭君告别故土，登程北去，一路上黄沙滚滚，马悲嘶，雁南飞，触动了她心底的思乡之情。昭君手持琵琶，弹奏一曲以抒离别之情。刚好路过的南飞大雁被这股哀怨的乐声打动，又看到了昭君这副绝代容颜，当下被其美丽震慑，忘记扑翅，跌落地下，于是便有了"落雁"之说。

　　经过了风吹沙打，昭君终于抵达了匈奴。她是备受宠爱的，但异邦的风月怎么也比不上自己的乡土。她思念国家，思念亲人，经常拿着琵琶唱着幽幽的曲子。

　　昭君怀抱琵琶立于风沙之中的形象已成为中国历史上一道隽永美丽的风景线，哀怨声声的琵琶曲给我们传递着昭君的幸与不幸，"一去紫台连朔漠，独留青冢向黄昏"，即使是草黄树枯的秋天，昭君墓仍然是青色一片，历史也一直在回忆，在讴歌，任谁也忘不了。

悠悠古音

《塞上曲》

　　《塞上曲》是一首琵琶传统大套文曲，乐曲通过描写王昭君对故国的思念，表达了哀怨悲切之情。

　　此曲曲谱最早见于《南北派十三套大曲琵琶新谱》，是李芳园根据华秋萍的《琵琶谱》浙江派西板四十九曲中的五首独立小曲《思春》、《昭君怨》、《泣颜回》、《傍妆台》、《诉怨》综合而成一曲，起名《塞上曲》，且伪托是王昭君所作。

　　全曲分为五段，分别是《宫苑春思》、《昭君怨》、《湘妃滴泪》、《妆台秋思》、《思汉》。五段都为六十八板（即六十八小节），除第二段为商调式外，其余均为羽调式。各段的旋律也有许多相似之处，音调上的联系十分密切，因此音乐形象较单一。五支小曲可以连续演奏，也可以分段演奏。

　　此曲描写王昭君对故国的思念，哀怨惆怅，凄楚缠绵，具有很强的艺术感染力。在弹奏上强调左手的推、拉、吟、揉及撇音、带起等技法，使旋律更显得委婉柔美，心生"弦弦掩抑声声思"的情绪，表达了古代妇女受压抑的内心痛苦之情，具有强烈的艺术感染力。

青冢拥黛（图片提供：全景正片）

　　昭君墓位于呼和浩特市以南的大黑河畔。当地传说，每年"凉秋九月，塞外草衰"的时候，唯有昭君墓上草色青青。因此，昭君墓又被称为"青冢"。

琵琶呜咽《悲秋歌》

除了王昭君，为国家安定、民族团结而只身远嫁他乡的女子还有不少，如早于昭君数十年、远嫁乌孙的刘细君公主。

汉武帝时期，边疆饱受匈奴之扰。为与其他国家缔结和约，共拒匈奴，汉武帝决定派江都王刘建的女儿刘细君远嫁乌孙国。

刘细君虽出身郡王之家，然其父刘建勾结对朝廷不满之人意图谋反。后谋反不成，父亲畏罪自杀，母亲问罪被斩。小小年纪的细君就这样失去了父母，被送往内宫抚养长大。成人之后的细君才貌

张骞出使西域 壁画

西汉元狩四年（前119），张骞出使西域联合乌孙，希望其能东归共御匈奴，"乌孙能东居故地，则汉遣公主为夫人，结为昆弟，共距匈奴"。

河西走廊长城遗迹

双全，精通音律，然而童年的阴影萦绕心间。因此她待人接物处处小心，不敢有一步行差踏错。不久，汉武帝的一纸诏书结束了她的宫廷生涯，年仅十六岁的细君远嫁乌孙和亲。细君知道，这一去将远离故土，永远置身异域，可是她只能授命西进，义无反顾。

送嫁那日，汉武帝"赐乘舆服御物，为备官属宦官侍御数百人，赠送甚盛"，"令琵琶马上作乐，以慰其道路之思"。汉武帝知道细君途中寂寞，从此远别中原，所以用她最喜欢的琵琶奏乐，以一场浩大的送行仪式留给细君最后的温暖。

到了乌孙国，民众奏起胡乐，载歌载舞迎接这位皮肤白皙、才貌双全的美丽女子，亲切地称呼她为"柯木孜公主"（意即"肤色白净美丽得像马奶酒一样的公主"）。而乌孙的首领昆莫也非常高兴能娶到这样一位姣好的中原姑娘，便封其为"右夫人"。但这样的快乐并没能持续多久，当匈奴得知乌孙与汉结盟后，闻风而动，也派遣了一位匈奴公主嫁给昆莫。此时的昆莫依然惧怕匈奴的势力，便封匈奴公主为"左夫人"（乌孙以左为贵），希望能在汉王朝与匈奴之间保持平衡。

细君身处异乡，本就言语不通、生活不惯，与昆莫难以沟通，再加上有匈奴公主为敌，其处境之艰难可想而知。然而细君知道自己身负与乌孙通好的重任，因此仍然努力做好各种疏通工作：平时置酒饮食，用钱币布帛厚赠予人，广泛交游示好。

可是，这里到处都是大漠风光，和深藏在心中的绮丽温柔的家乡景致大不相同。寂寞的异乡生活，孤苦飘零的身世，令细君每每想起便泪湿衣襟。她怀抱琵琶，唱尽幽怨之情。或许是被琴音触动心事，又或许是放眼四周，苍凉陌生，悲愤之情涌上心间，她为此写下了一首凄婉动人的《悲秋歌》：

吾家嫁我兮天一方，远托异国兮乌孙王，

穹庐为室兮旃为墙，以肉为食兮酪为浆。

常思汉土兮心内伤，愿为黄鹄兮归故乡。

后来，昆莫年老，想依照当地风俗要细君嫁给他的孙子。细君坚决不从，上书给汉武帝，表达一旦昆莫去世，自己便要回归中原葬于故乡的心愿。武帝看后虽心生怜悯，但为了共击匈奴的目的，让她"从其国俗，欲与乌孙共灭胡"。细君身不由己，唯有含屈带辱下嫁昆莫之孙。此时的细君不过二十余岁，可是生命的种种波折已将她的心摧折至老。细君再嫁之后，生下一子，却因产后失调，郁郁而终。一直到死，细君心中仍对故乡念念不忘，然而她那"愿为黄鹄兮归故乡"的梦想是永远不可能实现了。

汉武帝（《三才图绘》刻本）（明 万历）

传说细君公主的悲歌传到长安，汉武帝听到后也不禁为之感动，便不时派遣使者带着锦绣帏帐，赠给细君公主。

《乌孙公主歌》

民国初年，细君家乡的国学大师刘师培曾满怀激情地写了一首七律《乌孙公主歌》，来缅怀这位"和亲公主"：

胡筝拨怨黄金徽，尘毂凝香纨屬帏。

镜里青鸾知惜别，歌中黄鹄宁羁飞？

狼望春花雪絮积，龙堆秋草阳晖稀。

到此应输青冢骨，芳魂犹共佩环归。

秋风瑟瑟作响，荻花丛中，隐隐约约传出了清亮玲珑的琵琶声，正在浔阳江头与客送别的江州（今江西九江）司马白居易，蓦闻此声，不由出神。他循声望去，只见一艘小船缓缓驶了过来，船内隐约显出的人形正在弹奏琵琶。白居易忙邀船中人移船相见，而船内人却是千呼万唤，方始抱着琵琶半遮容颜，与白居易见过礼。

这是一位容貌姣好的娉婷女子，她接受了白居易的邀请。

席间，白居易请她弹奏一曲助兴，琵琶女低头应允，转轴拨弦，轻挥两三声，曲调虽未成形，却自有一种哀情呼之欲出。接着，琵琶女低眉信手，一弦接着一弦地弹奏着，无限的心事从琴弦中流淌出来。琵琶女手下的琴声，忽而激越，犹似自己与人生搏斗；忽而幽怨，仿佛自身处境一落千丈；时而如窃窃私语，说尽生平不得意；时而若嘈嘈急雨，就像人生中的不如意一场接一场地砸来。在那一刻，白居易觉得琵琶女手底的琴弦弹出了他自己的内心世界，令他叹息不止。

一曲终了，四际无声，唯见冷月江心白。

白居易询问琵琶女的身世，原来她是长安的歌伎，自幼从师名家学习琵琶，艺成后也曾"名属教坊第一部"，不知有多少名人子弟倾倒于她的风采。

琵琶行（局部）　王叔晖（现代）

　　而风月场中的欢乐转瞬即逝，灯红酒绿人寰散尽后，是四处飘零颠沛流离。虽然后来嫁给了一个商人，但是聚少离多，她也唯有独守着空船，轻弹一曲诉诉心中之事。

　　白居易听完琵琶女的故事，不由长叹一声："这身世飘零的琵琶女与自己何其相似啊"。自己也曾才高位显身居京城，而今却因直言而遭贬斥，来到这荒凉之地。两人都是满腹哀怨，郁郁不得志，前半生的得意化做了今日冷月清辉下的江水寒，一个借酒消愁，一个独奏琵琶，"同是天涯沦落人，相逢何必曾相识"。

白居易整装起身，恳请她再弹一曲，而他，也和着琴声，为她创作一首新诗《琵琶行》。此时的琴声不再婉转，而是急促激烈，在月色的浸染下，回荡着一股难以言述的无限凄清。白居易潸然泪下，挥袖走笔，一首《琵琶行》跃然纸上：

大弦嘈嘈如急雨，小弦切切如私语。
嘈嘈切切错杂弹，大珠小珠落玉盘。
间关莺语花底滑，幽咽泉流冰下难。
冰泉冷涩弦凝绝，凝绝不通声暂歇。
别有幽愁暗恨生，此时无声胜有声。
银瓶乍破水浆迸，铁骑突出刀枪鸣。
曲终收拨当心画，四弦一声如裂帛。
东船西舫悄无言，唯见江心秋月白。

一曲琵琶声乐的绝唱。

琵琶动人的音调，琵琶女高超的演技，琵琶的弦外之音，一份古今相通的身世之感，让人们千载之下，恍临其境。

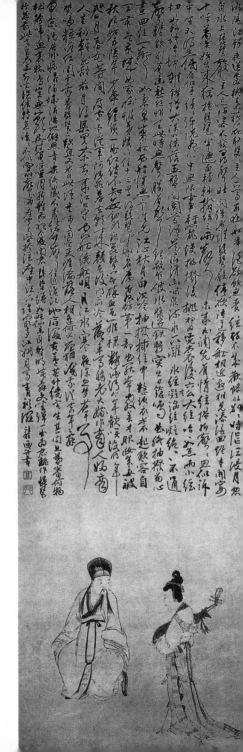

琵琶行图 郭诩（明）
千呼万唤始出来，犹抱琵琶半遮面。

《阳春白雪》

　　《阳春白雪》相传为春秋时期晋国乐师师旷或齐国的刘涓子所作，有多个版本。目前流传于世的主要有四个版本：一是《鞠士林琵琶谱》中的《六板》套曲；二是平湖派的《阳春古曲》；三是浦东派的《阳春白雪》；四是汪昱庭传谱的《阳春白雪》。这些乐曲的主旋律都来自民间器乐牌子曲《老六板》，通过行云流水般的轻快弹奏，为听众展现出一派清新有力、朝气蓬勃的春回大地的气象。

　　现在比较流行的是汪昱庭改编成七段的《阳春白雪》，此曲每段都有一个小标题，分别为：一、独占鳌头；二、风摆荷花；三、一轮明月；四、玉版参禅；五、铁策板声；六、道院琴声；七、东皋鹤鸣。标题充满着风雅超逸的宗教意味，与全首乐曲要表达的活泼、欢快的意境不大相符。

　　全曲七个段落可以划分为"起、承、转、合"四个部分，是我国传统诗歌、散文的布局章法。开篇"独占鳌头"是主题的初次展现，旋律明朗，如春风拂面，奠定了全曲的意境。之后的"风摆荷花"和"一轮明月"是乐曲的"承"部，曲调华丽、活泼，春的气息越发浓郁，大自然的盎然生机也跃然弦中。从"玉版参禅"到"道院琴声"是乐曲的"转"部，音乐生动丰富，引向全曲高潮。最后的"东皋鹤鸣"是全曲的"合"部。它是第二段"风摆荷花"的再现，表现出春回大地，万物复苏的勃勃生机。而听众闻之，亦如沐浴春风，内心无限昂扬、欢欣。

悲欢离合《琵琶记》

身世凄苦、恭敬孝顺的琵琶女赵五娘在高明的戏曲剧本《琵琶记》中感动着数代人的心。

赵五娘与丈夫蔡伯喈新婚燕尔，情意正浓。忽逢朝廷开科取士，伯喈见父母年事已高，不欲辞行，却被父亲数说了一顿，只得辞别父母，泪别娇妻，赴京赶考。伯喈缺少盘缠，五娘毫不犹疑地告贷银两，供其上京。谁知伯喈这一考竟然金榜题名，高中状元，得到了朝中大臣牛丞相的青睐。牛丞相有一女待字闺中，奉旨招新科状元为婿。伯喈不欲他娶，以父母年迈、自己需回家照料双亲尽孝为由恳请辞官，遭到牛丞相和皇帝的反对，结果他只得迎娶牛小姐，滞留京城。

自伯喈离家后，五娘任劳任怨，事公婆极孝，然流年不利，家乡连逢旱灾。五娘独撑家中大梁，尽自己所有照顾公婆，让他们吃米饭，自己则在无人处咽下糟糠。尽管这样，五娘仍然受到婆婆的误会和责难，后来婆婆良心悔悟，但不久抱憾辞世，而公公不久也死于饥荒。公婆去世后，因无钱埋葬，五娘便剪下自己的头发换得棺材，用裙子包上泥土，亲手挖坟掩埋公婆。这一切距伯喈离家已十余年了，五娘此时孤身一人，便携了公婆的画像，手持雨伞，肩背琵琶，一路卖唱、问路，前往京都寻夫。

再说伯喈虽入赘牛府，实心系父母妻子，他不止一次写信去陈留家中，但信被拐儿骗走，导致彼此音信不通。伯喈把实情告知现任妻子牛氏，得到她的谅解，派人前去老家迎接伯喈家人来京。

琵琶记 版画（明）

　　这一日，正遇上弥陀寺大法会，伯喈去寺中烧香为父母祈福，赫然看见父母真容供于佛前。伯喈惊异万分，忙命拿回府中。其实这幅画像正是五娘供奉于佛前的，她一路历经千辛万苦，终于来到京城，听闻有弥陀寺大法会，便想到寺中募化求食。她看到菩萨在前，便将公婆画像供上，突然一阵锣鼓喧天，有贵人来到，五娘只得回避，再出来时画像已然不见。

　　五娘打听牛府所在，上至府内弹唱，牛氏见五娘虽以卖唱为生，却仪容清雅，谈吐不俗，心生敬意。而五娘见牛氏贤淑，便将自己身世如实相告，在牛氏的帮助下，五娘和伯喈终于团聚。五娘告知家中事情，伯喈悲痛至极，上表辞官，回乡守孝。最终，五娘、牛氏与伯喈同归故里守孝，得到皇帝旌表。

　　赵五娘身背琵琶一路风尘，感人至深，琵琶在这个故事中颇多一层风霜、流离的意味，以幽怨之声述说着赵五娘悲惨的命运。

悠悠古音

宫女赛乐胜西域

唐太宗时期有个宫女姓罗，长得秀丽端庄，但因为肤色较黑，被人唤做"罗黑黑"。罗黑黑不但弹得一手好琵琶，更有过人的记忆力，凡是只要听过一遍的曲子，就都能够完整优美地演奏出来，因此颇受唐太宗重视。

有一年，一位西域乐师来到大唐。他手持一面大琵琶，气焰非常嚣张，声称中土无人能弹奏它。一些乐师看不过去，就上前试弹，但都觉此琵琶琴弦粗重，难以拨动。这下令西域乐师更为得意。

唐太宗知道后，马上召集群臣商量对策，一定要挫挫西域乐师的锐气，岂可让他目中无人、夜郎自大！

于是，唐太宗举行了一次盛大的宴会，并邀请各国使节前来，让那个西域乐师演奏琵琶助兴。西域乐师傲然自得地连弹三曲，引来各国使节的一片叫好声。唐太宗却不动声色地对那乐师道："这等乐曲乃是老生常谈，你何不弹奏一首新曲给大家听听？"

西域乐师胸有成竹，毫不推辞，马上弹奏起自己即兴创作的一首曲子。此曲节奏变化多端，轻柔与刚劲并济，轻柔时情深意浓，刚劲时风驰电掣，令在座的人赞叹不已。

唐太宗不以为然地看着乐师说道："我还当你弹的是多么了不得的曲子呢！原来不过这么普通，就连我的宫女都会弹。"乐师睁大双眼，非常惊诧："这曲子是我刚刚新创的，怎么可能有其他人会弹？再说了，你们大唐的乐师连我的琴弦都拨不动，更不用说是演奏此曲了！"唐太宗微微一笑，道："你不信？来人，宣宫女罗黑黑上殿！"

罗黑黑奉旨上殿，径直走到西域乐师面前，从容不迫地接过他手中的大琵琶，试弹了几下后，就将刚才那首曲子分毫不差地演奏出来。不只曲调没有一点偏差，而且比西域乐师弹奏得还要精湛，乐曲更加优美动听，引来全场一片赞叹声。

西域乐师顿时惊呆了，自己刚刚新创的曲子，这个小小的宫女怎么会弹奏得比自己还要出色呢？唐太宗见他一脸惊讶的神情，马上质问他道："你不是笑话我大唐中土无人吗？我们一个小小的宫女在屏风后面听你弹奏一遍，就可以用你的琵琶把它弹奏得出神入化。你服还是不服？"

西域乐师面红耳赤，惭愧万分道："大唐人才济济，我是孤陋寡闻啊！"唐太宗哈哈大笑。

陶乐俑（唐）

唐朝宫廷音乐表演形式丰富，融合了中外许多民族的乐舞。图中是一名手持琵琶演奏的立式俑。

《十面埋伏》

《十面埋伏》又名《淮阴平楚》。 此曲产生年代和作者目前尚无定论，但明代王猷定曾在《四照堂集》的《汤琵琶传》中对当时的琵琶演奏家汤应曾演奏的现已失传的《楚汉》一曲有过记载："当其两军决战时，声动天地，瓦屋若飞坠，徐而察之，有金声、鼓声、弓弩声、人马辟易声；俄而无声。久之，有怨而难明者为楚歌声；凄而壮者为项王悲歌慷慨之声……"这些描写与《十面埋伏》所描绘的音乐意境极为相似，可视此曲为《十面埋伏》的前身。

最早记录《十面埋伏》琵琶谱的是《南北二派秘本琵琶谱真传》，而后此曲流传甚广，目前有十余种曲谱，但演奏情节基本大同小异。传统琵琶独奏曲，一般分为"文套"、"武套"等几种体裁，本曲属于"武套"。

乐曲可分为三大部分。

第一部分叙述战争前的备战，包括列营、吹打、点将、排阵、走队等。通过模拟古战场特有的战鼓声、号角声和马蹄声，形象生动地为听众拉开了一幅军营满地、旌旗密布、战鼓隆隆、炮声轰轰的壮阔画面，表现出汉军威武肃穆、铁骑如林的阵容。

第二部分描写了战场上彼此交锋的过程。 先是展现出汉军偃旗息鼓、由远及近、偷偷埋伏的场面。然后是楚汉初遇、两军厮杀，战场上步战、马战、车战混杂，呐喊嘶叫，表现出雷霆万钧、撼人心魄、波澜壮阔的战争场面。

第三部分描写战争结束，项王败阵、乌江自刎、汉军奏凯、回营等，乐曲由激越沸腾转为惨淡黯然。

秋天的诗篇

琵琶高手拜师记

唐德宗贞元年间的一天，长安的天门街上搭起两座高高的彩楼，两旁锣鼓喧天，人头攒动。百姓们交头接耳，议论纷纷："听说今天此处要摆个擂台，要比琵琶演奏的技艺呢！""那可热闹啦，据说京城号称'琵琶第一手'的康昆仑要出来。""哟，那谁敢跟他比呀……"

在百姓们的议论中，康昆仑手持琵琶站到了东边的彩楼上，众人一阵欢呼，康昆仑傲慢地微微点头，对这一切早已习以为常。据说，康昆仑出生于西域一带，幼时曾跟随当地的女巫师学弹琵琶，长大之后来到中原，以一手技惊四座的琵琶演奏技艺而担任了宫廷乐师，并备受德宗皇帝宠爱。此时，康昆仑调试琴弦后，轻拢慢捻，长抹短挑，怡然自得地弹奏起自己新翻的一首羽调《绿腰》。此曲轻柔优美，听众更连声喝彩。

康昆仑正弹得兴致高昂，西边彩楼上忽然款款走出一位女子。这女子怀抱琵琶坐定后，向对面的康昆仑看了一眼，之后微微一笑竟也弹起这首《绿腰》来。只见她下拨有力，指法娴熟，弦声变化多端，妙绝如神，时而好似万马千军杂沓而来，酿出一片雷声隆隆，时而又似妙龄少女翩翩起舞，轻盈迷人之至。一曲《绿腰》

竟被她弹奏出万千气象，别具新意。乐曲终了，观众沉浸其中，一时全场竟鸦雀无声。

康昆仑自叹不如，又万分迷惑，从未听说过有这么一位高超的女乐师，难道真是自己孤陋寡闻？他连忙跑到西边的彩楼前拱手行礼，表示愿拜女子为师。谁知她微微一笑，并不答话，径自往后台去了。康昆仑又匆匆跑到后台找，让他大吃一惊的是，卸妆之后的女子竟是一位和尚。这位和尚其实是庄严寺的高僧段善本，人称"段大师"。康昆仑纳头便拜，恳请段大师收己为徒。

段大师要康昆仑再奏一次《绿腰》。等他弹完，大师连连摇头道："你的技法很杂，一点都不规范，怎么还带着巫术之邪声？"昆仑很是佩服："大师果然高明。我小时候在西域的确和一位女巫师学过一阵琵琶，长大后漂泊江湖，又

反弹琵琶图 壁画（唐）

　　琵琶是丝绸之路传来的乐器，西域少数民族乐师最擅弹奏。琵琶给汉民族音乐输入了新鲜的血液，极大地丰富了我国的民族音乐文化。

拜过不少老师。"段大师点头道："这就是了。不过，你要想学好琴技，必须从头学起，不知你舍不舍得？"康昆仑请教大师说的是什么意思。段大师说："你必须要先舍才能得。你要忘了从前杂乱的演奏技法，才可以重新学习新的技巧。"

　　于是，康昆仑潜心向学，辞去了宫中乐师一职，跟随段大师从零学起。他虚心接受教诲，勤学苦练，终于掌握了正宗的琵琶指法。十年之后的康昆仑焕然一新，他的演奏已然达到"人琴合一"的境界，充满着神奇的力量和非凡的优雅，真正成为一代琵琶演奏大师。

琵琶指法简析

　　琵琶是弹拨乐器，主要靠左、右手指弹拨来演奏。

　　左手指法中有实音与虚音之分。实音的音量较强，虚音则较弱。虚音的弹奏指法有捺、带、擞。演奏捺的方法是在指关节的运动中，手指端取势将弦身击捺在相品位上，使得微声；演奏带的方法是当右手弹出前一按音之后，接着在相品位上作向左内方或向外方一拨，然后离开弦身，带起一个较弱或稍强的音来；演奏擞的方法是用左手指将弦身按在相品位上，用中指或无名指在下面搔弦发音。

　　右手指法中最基础、最重要的指法是弹、挑，其他右手指法都是由弹挑衍变而来的，包括弹、挑、夹弹、滚、双弹、双挑、剔、抚、飞、双飞。弹是用右手食指甲端触弦，将弦向左弹出发音；挑是用右手拇指指甲端触弦，将弦向右挑进发音；夹弹是用弹和挑在弦上作连续均匀而不很快的动；滚的演奏方法与夹弹相同，但在速度上较夹弹快一倍；剔是用中指甲向左将弦剔出；抚是用中指肉将弦向右抚进；双弹是用食指甲将相邻的两条弦向左同时弹出；双挑是用拇指甲将相邻的两条弦向右同时挑进；飞是用无名指指甲将弦向左飞出；双飞是连而不断地用食指指甲弹左面的弦，拇指指甲挑右面的弦。

琵琶女获救谱传奇

　　相传唐朝大书画家韩滉奉命去四川，他在骆谷附近发现了一株奇树。此树高耸繁茂，质地坚硬，敲上去有金石之韵。韩滉便命人砍伐此树，并为此请来技艺高超的工匠。工匠看了树材，发现树纹中间有金色线条相互交织，便说，这木材不能和别的木料混在一起，用它来制作琵琶吧。于是，两张独特的二弦琵琶就此问世。韩滉把大的叫做"大忽雷"，小的叫做"小忽雷"，因其珍贵万分，特敬献进京，贡给皇帝。

　　京城有一个小官员梁厚本，家住城西。一天他在护城河边闲逛，发现河中漂来一个大木箱，捞上来之后打开一瞧，里面有位奄奄一息的姑娘。梁厚本心地善良，看到姑娘生命危在旦夕，不禁心中怜悯起来，于是就收留了她。

梁厚本仔细询问她的身世。原来这位姑娘是皇宫里弹奏琵琶的乐师，因为触怒了皇上而被赐死。于是宫人们就把她放在木箱子里，投入护城河中。幸好她命不该绝，遇上了梁厚本。

姑娘在梁家住下，可梁厚本见她一直都郁郁寡欢，不知何故。姑娘告诉他，自己原来在宫中弹奏的琵琶是世间名器，人称"小忽雷"。她和"小忽雷"相处日久，有了感情，如今长久不弹，非常思念。梁厚本劝她："这乐器现在宫内，你又不能回去，想也徒劳，何苦为此伤身呢？"姑娘摇摇头说，前阵子她弹奏"小忽雷"时，发现它的匙头脱落了，故此送到崇仁坊赵家修理，"小忽雷"现在就应该在赵家。

梁厚本听了这话，回头就命人到赵家将"小忽雷"赎了回来。姑娘看到"小忽雷"重现眼前，欣喜万分。她非常感激梁厚本，再加上日久生情，便决心嫁给他。于是，夫妻二人经常在夜深人静的时候，偷偷弹起"小忽雷"，良宵佳音，别有一番旖旎。

五牛图 韩滉（唐）

韩滉（723~787），字太冲，长安（今陕西西安）人。擅绘人物及农村风俗景物和牛、马、羊、驴等。画牛尤佳，能曲尽其妙，表现出牛漫步、疾驰、鸣叫、顾视等各种情态以及村童牧放的生活情趣。所作《五牛图》用笔厚拙粗辣，神气生动，是现存唐画中的珍品。元赵孟頫赞其为"神气磊落，希世名笔"。

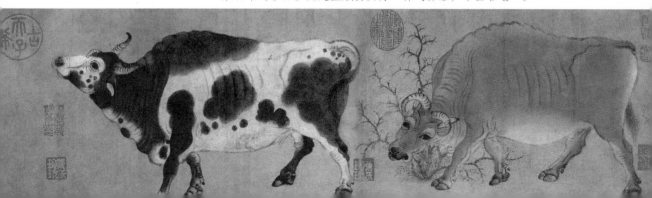

有一天，两人对饮花下，酒酣耳热之际，不由兴致所至，姑娘弹奏起"小忽雷"。却没想这乐声被门外经过的一个宦官听到了。他循声找来，看到了"小忽雷"，发现了琵琶女，于是连忙跑回宫中，将女乐师还活着的消息告诉了皇帝唐文宗。其实此时的唐文宗正对赐死女乐师感到后悔。得知人还活着，皇帝便立即招女乐师和梁厚本入宫，不但赦免了二人，而且还赏赐给他们一些财物，希望他们幸福地生活下去。

　　后来"大、小忽雷"历经宫廷政变流落民间。到了清初，"小忽雷"传到了著名戏曲家孔尚任的手中。他和友人一起将女乐师与"小忽雷"的故事改编成戏剧《小忽雷》，并在"小忽雷"上题诗寄情。之后，"小忽雷"又在一些名家

宫乐图 佚名（唐）

悠悠
古音

白釉陶弹琵琶女俑（唐）

手中辗转，最后传到了一位叫刘世珩的人的手中。他特地为此建起了"小忽雷阁"，邀请名师弹奏。名师当中有个叫张瑞山的，说自己三十年前曾买到一把古老的二弦琵琶。刘世珩请他拿来一看，正是"大忽雷"。张瑞山忍痛割爱，将"大忽雷"送给了他。刘世珩便将"小忽雷阁"改名为"双忽雷阁"，又收集了有关资料，编辑成《双忽雷本事》一书刊印问世。

刘世珩

刘世珩（1875～1926），字聚卿，又葱石，号继庵，贵池人。清光绪年间举人，起义爆发，购地数亩，筑室称"楚园"，收藏金石书画。得大小忽雷后，更其斋名为"双忽雷阁"，后又辑有《双忽雷本事》。再后，他复得唐琴"九霄环珮"等，与"大小忽雷"、"鸣玉"匹配，为乐坛重宝。三十多年后，这些乐器大多价归国有。

《夕阳箫鼓》

　　《夕阳箫鼓》又名《夕阳箫歌》，此外还有《浔阳琵琶》、《浔阳夜月》、《浔阳曲》等名称，是一首非常具有代表性的琵琶传统文套。

　　展现在听众面前的是一幅江南水乡的景致：夕阳西下，明月初升，一叶扁舟和着遥遥的歌声在江面缓缓驰来，一派宁静、幽美的诗情画意。乐声缓缓流淌在听众的身周，仿佛诉说着一支宁谧安详的梦。

　　忽然，江心泛起涟漪，一粒小石打破了江面的宁静。圈圈荡漾开来的涟漪叠造出一层彷徨迷离的意味。仿佛浪花飞溅、渔舟破水，夕阳下的江面也充满着跳荡和令人着迷的力量。继而，夕阳里，箫声委婉，暮鼓深沉，小舟翩然远去。夜幕四合，江花摇动水天一色，让人回味无穷。

悠悠

古音

第三章

筝曲清扬

佳人当窗弄白日，弦将手语弹鸣筝。
春风吹落君王耳，此曲乃是《升天行》。

——唐李白《春日行》

弹筝佳人素手轻挥，手底的音符似心中哀思源源不断流淌出来，这便是筝乐的魅力。

筝即古筝，是我国古老的弹拨乐器，春秋战国时代已流行秦地。司马迁《史记》所载《李斯列传·谏逐客书》中曾这样谈到秦国乐舞："夫击瓮，叩缶、弹筝、搏髀，而歌呼呜呜，快耳目者，真秦之声也。"筝乃"真秦之声"（秦国的音乐），故史称"筝"为"秦筝"，此外，筝还有瑶筝、银筝、云筝、素筝等雅号。

筝音色清亮圆润，非常动听，既可独奏，亦适于伴唱。历史上还记载了东晋名将桓伊抚筝歌诮的故事，他边弹边唱，讽谏孝武帝不应猜疑有功之臣谢安，曲到意明。

古筝演奏

古筝结构

  古筝是一种多弦多柱的弹拨乐器，外形近似于长箱。主要由面板、底板、边板组成，面板中间稍微凸起，底板呈平面或近似于平面。其优劣主要取决于各部分材料质地及制作工艺的高低，它们对古筝的音响影响很大。

弦

  目前常用古筝共有二十一根弦，有铜丝弦、金属缠弦或尼龙缠弦等。

古筝头

  有穿弦孔固定琴弦。有的古筝头与共鸣体相通，扩大了共鸣的范围。

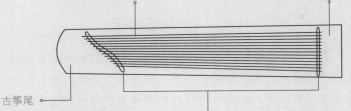

古筝尾

  在造型上也起着与筝头对称平衡的作用，主要用于安装琴钉。

岳山

  也称木梁或山口，起着载弦，传递声音的作用。面板与古筝头连接处，叫做前岳山；面板与古筝尾连接处，叫做后岳山。岳山与码子高度的比例关系到音准、音色及定调，在前岳山上端镶有骨片或铜丝，可使发音悦耳。

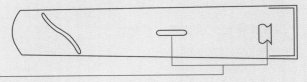

出音孔

  古筝有三个或两个出音孔，三个的在古筝头侧面有一个；底板上有两个，一个在底板的中部，又称中龙池，一个在底板接近古筝尾处，又称龙池。出音孔的位置、形状和大小关系到音色、音量。

码子

  也称柱，或称雁柱。它是古筝弦和面板的传振支柱。每个码子支撑着一根弦。码子可以左右移动，用来调整音高和音质。

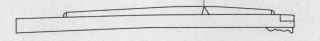

古筝制作工艺

选　料

　　选出古筝各个部分所需要的料，如面板用梧桐木或白松等制成，筝头用紫檀等较坚实的木料构成。

制作框架

　　用锯子裁切侧板、画出筝尾并裁切，画出弦钉板并打弦孔，开榫子、槽口、画出音梁并裁切，组装及上面板，此时古筝框架已基本组装成形，把用火烤制好的面板用胶黏结到古筝框架上，将面板刨制光滑后，用铜丝打磨，使木纹肌理鲜明。

制作堂板

　　用样板画出堂板位置，钉堂板。

安装岳山

　　岳山也称"木梁"或"山口"，在筝上一般有两个岳山，一个在面板与筝头连接处，叫"前岳山"，一个在面板与筝尾连接处，叫做"后岳山"。岳山与码子高度的比例关系到音准以及音色，定调等方面的问题，因此，必须用恰当的比例才能使筝发音悦耳。

打弦钉孔

在弦钉板上打出弦钉孔，装在固定位置，侧板上加边条等。

修整音孔

筝有三个出音孔，其位置、形状和大小关系到筝的音色和音量。

上 漆

用砂纸打磨侧板、背板等，为古筝涂上清漆。

穿 弦

根据不同音色需要，用铜丝、金属或尼龙缠弦并加以其他适当配置。

安装筝码

筝码也称"柱"或"雁柱"，是弦和面板的传振支柱，一般用红木、象牙、牛骨或塑料等制成，每个筝码支撑一根弦。

调 音

对古筝进行调音，便大功告成了。

姐妹相争得秦筝

　　在17世纪日本元禄年间，宫廷乐师冈昌名所著的《乐道类集》中记载了这样一个故事。在中国古代的秦国，有个名叫婉无义的人，是个弹瑟高手，他的两个女儿也都非常喜欢弹瑟。一天，姐妹俩争相跑到父亲跟前学瑟，姐姐快了一步，将瑟拿到手中，妹妹岂能罢休，赶紧伸手相夺。两人不依不饶，互相争夺，忽听"咔嚓"声响，瑟被生生扯断。婉无义赶到时，瑟已变为两半，一半是十三弦，一半是二十弦。

二十五弦瑟（马王堆出土）

古筝

　　唐宋时古筝有弦十三根，后增至十六弦、十八弦、二十一弦等，目前最常用的规格为二十一弦。

　　婉无义万般无奈地从两个女儿手中拿来瑟，唉声叹气地随手弹摸，却发现此时的破瑟声响竟比完整的瑟要好听得多！婉无义无暇责备女儿，当即将半边瑟做了修缮，使之成为一件音乐表现力远胜于"瑟"的新乐器。因这件乐器是二女相争得来的，故命名为"筝"。

　　唐代赵磷的《因话录》中记述："筝，秦乐也，乃琴之流。古瑟五十弦，自黄帝令素女鼓瑟，帝悲不止，破之，自后瑟至二十五弦。秦人鼓瑟，兄弟争之，又破为二。筝之名自此始。"宋代的《集韵》则有"秦人薄义，父子争瑟而分之，因此为名。筝十二弦，盖破二十五而为之也"一说。

　　父子相争也好，兄弟、姐妹相争也罢，筝在春秋战国时期已经风行于秦国、齐国、越国等很多地区。筝表演艺术家们把筝乐艺术推向了一个新的世界。筝曲配上古诗文，人、文、筝浑然一体——一个多姿多彩的音乐殿堂诞生了。

蒙恬造筝

蒙恬是秦国的大将，不仅有杰出的军事才能，还有极高的音乐素养。在《隋书·音乐志》中曾这样记载筝的来源："筝，十三弦，所谓秦声，蒙恬所造。"古文献《风俗通》中也有类似记载。

可是在《旧唐书·音乐志》中则断然否认了这一说法："筝，秦声也，相传蒙恬所造，非也！"秦始皇十年（前237年），秦宰相李斯上《谏逐客书》，劝秦始皇收回他对客卿们下的逐客令："夫击瓮，叩缶、弹筝、搏髀，而歌呼呜呜，快耳目者，真秦之声也。"这在时间上比蒙恬发迹之初早了十六年，所以蒙恬造筝的说法要打个问号。

不过，蒙恬倒是极有可能改革了筝的形制。清代朱骏声《说文通训定声》记载："古筝五弦，施于竹，如筑，秦蒙恬改于十二弦，变形如瑟，易竹于木，唐以后为十三弦。"这便是说蒙恬对筝予以了一番改进，使之成为后世普遍流行的样子。

古筝与琴砖

吕布鼓筝逃一劫

古典名著《三国演义》中，司徒王允妙用连环计铲除董卓后，又被董卓部将害死，吕布无处可去，唯有投奔袁术，第二年又转到袁绍麾下。

吕布跟着袁绍，帮他攻打常山张燕，张燕手下有精兵万余，可吕布浑然不怕，每日只带十几名亲信，冲锋陷阵，重挫张燕，为袁绍一举消灭张燕奠定了基础。可到了事后邀功，袁绍却翻脸不认人。吕布心有不满，渐生去意。

这时有人看出吕布的心思，便向袁绍献计说："吕布是个不义之徒，放走他等于放虎归山，日后被反咬一口太不值当，不如乘他现在羽翼未丰除了他。"袁绍点头称是，暗中部署。不久，吕布果然向袁绍提出要离开。

当天晚上，三十多名手持利器的将士，将吕布的营帐团团包围，伺机而动。他们聚精会神地守着营帐，突然听到军帐里传出了喧闹之声，仔细一听，原来是吕布在和众军士饮酒道别，举杯行令。这些将士初不以为意，听得久了，竟辨出喧笑声中夹杂着一缕筝声。

这筝声忽而清亮玲珑，似马蹄踏过疆场；忽而轻柔悦耳，效儿女呢喃之状；时而低沉婉转，时而高亮圆润，像珠玉落盘，更似雨打芭蕉，乐声美妙绝伦，令人陶醉其中不能自拔。

帐外的将士听得入迷，不知不觉间天快大亮了，他们这才想起身负刺杀吕布的重任，于是连忙拔出刀剑刺破营帐，冲了进去。然而出乎意料的是，营帐里除了一个歌伎正披着吕布的斗篷在弹筝外，哪里还有吕布的身影？

将士们大惊失色，逼问歌伎，这才知道，吕布自察觉袁绍阴谋后，便请来一些客人饮酒听琴，假意和众人举办一个告别酒会，并亲自鼓筝助兴。当客人们陆续走出帐篷时，吕布便混在其中。当时那些守候在外的将士们听得太过入迷，根本没有仔细察看这些客人的形貌。他们只看到帐中有个模样像吕布的人在弹琴，便不以为意了。而歌伎自吕布逃脱后若无其事地继续弹琴，更蒙蔽了这些守在外面的将士。

这些将士听后面面相觑，为避免袁绍责罚，都连夜逃走了。就这样，吕布凭借古筝巧妙逃过一劫。

三英战吕布壁画[局部]

吕布，东汉末年名将，曾先后为丁原、董卓的部将，也曾为袁术效力，以"三国第一猛将"的形象存在于人们的心目之中。《三英战吕布》描绘的是刘备、关羽、张飞兄弟三人与猛将吕布的殊死一战。

林冲雪夜上梁山

【名曲赏析】

《林冲夜奔》

　　筝曲《林冲夜奔》是陆修棠、王巽之于1962年以昆曲《宝剑记·夜奔》为题材而创编的。在音乐当中，基础地反映了现实与理想之间的矛盾与冲突，从一开始的低迷，在昆曲旋律与古筝特有技法的带动之下，在乐曲的末了呈现出"博得个斗转天回"的积极向上的精神，这也是本乐曲深感人心之处。

　　全曲分四段。

　　第一段是慢板，节奏自由，充满感叹地回忆，低音区的切分节奏音型和中、高音区的摇指旋律交替进行，表达了林冲内心的叹息和悲愤之情。

　　第二段转入小快板，前半段节奏及技法多变，使用压弦，模仿戏曲中的锣鼓场面，表达了一种惶恐不安的情绪；后半段在左手固定低音的伴和下，右手在高音区使用摇指奏出急促的旋律，具有一种紧迫感。

　　第三段以连续的滚拂扫弦、重吟和摇双弦技法模拟风雪交加。

　　第四段旋律紧凑而坚定，表现林冲最终下定决心，奔向梁山。

罗敷弹筝拒赵王

罗敷采桑
　　采桑女罗敷在古代作为美女的代称。

　　东汉光武帝时，在敷水出了一个美女，名叫罗敷。凡是看过她的人，都为她心旌摇曳，甚至目瞪口呆、失魂落魄——行者下担捋髭须，少年脱帽著帩头，"耕者忘其犁，锄者忘其锄"……而且她还勤劳能干，并弹得一手好筝。

　　一个春暖花开的时节，杨柳依依，桃花红艳艳，踏青的人往来如织。这天，罗敷正在绿荫深处采摘桑叶，姿态轻柔优美，秀艳动人。赵王恰在观景台上看到俏美的罗敷，艳羡不已，马上命人将罗敷请来一同饮酒。

罗敷是美貌与智慧并存的奇女子，她当然知道赵王的居心。于是她借口为赵王弹筝唱歌，一来打消大家的尴尬，二来也让赵王明白自己是有夫之妇。罗敷拨动筝弦，一曲《陌上桑》让赵王很是扫兴。

罗敷把自己的夫婿夸得天花乱坠：奢华的打扮，高贵的身份，英俊的外表，风度翩翩。她智慧机警地打消了赵王求爱的念头，夫婿的优秀和罗敷的才华都体现在这一曲《陌上桑》中了。

《陌上桑》

《陌上桑》是汉代的一首乐府诗，最早见于南朝沈约编撰的《宋书·乐志》，题为《艳歌罗敷行》。《陌上桑》全文如下：

日出东南隅，照我秦氏楼。秦氏有好女，自名为罗敷。
罗敷善蚕桑，采桑城南隅。青丝为笼系，桂枝为笼钩。
头上倭堕髻，耳中明月珠。缃绮为下裙，紫绮为上襦。
行者见罗敷，下担捋髭须。少年见罗敷，脱帽著帩头。
耕者忘其犁，锄者忘其锄。来归相怨怒，但坐观罗敷。
使君从南来，五马立踟蹰。使君遣吏往，问是谁家姝？
"秦氏有好女，自名为罗敷。""罗敷年几何？"
"二十尚不足，十五颇有余"。使君谢罗敷："宁可共载不？"
罗敷前致辞："使君一何愚！使君自有妇，罗敷自有夫。
东方千余骑，夫婿居上头。何用识夫婿？白马从骊驹；
青丝系马尾，黄金络马头；腰中鹿卢剑，可值千万余。
十五府小史，二十朝大夫，三十侍中郎，四十专城居。
为人洁白晳，鬑鬑颇有须。盈盈公府步，冉冉府中趋。
坐中数千人，皆言夫婿殊。"

咏筝一首得佳人

古筝不同于古琴，不是文人墨客的独宠，上至深宫内院，下至茶楼酒肆，筝乐处处可闻。文人爱古筝独有的活泼和情趣，挥毫泼墨，曾留下一篇篇动人的咏筝词。

抽弦促柱听秦筝，无限秦人悲怨声。

似逐春风知柳态，如随啼鸟识花情。

谁家独夜愁灯影？何处空楼思月明？

更入几重离别恨，江南歧路洛阳城。

——唐 柳中庸《听筝》

哀怨的啼鸟，落寞的柳条，筝声中透露着悲伤与哀怨，无形之声化为可见可触之物，隔了时间的长河，再次看到这首诗，似乎身临其境地在聆听筝的乐声，遐想无限，悲怨之感油然而生。

而白居易的《夜筝》，则是另一番境界。

紫袖红弦明月中，自弹自感暗低容。

弦凝指咽声停处，别有深情一万重。

弹筝的女子

　　歌女弹筝，自弹自感，内心情感无限翻滚，当真是别有深情，才令这弹奏时一瞬间的凝止厚重丰盈。

　　不过，这其中最著名的当属李端的《鸣筝》了。

　　汾阳王郭子仪之子郭暧，是大唐升平公主的驸马，他为人贤明有才，平日喜爱和文人雅士来往，经常在家摆宴饮酒，谈文论道。他的门客名士云集，其中有一位，就是名列"大历十才子"之一的李端。

　　有一天，郭暧和公主又大摆酒席了，李端也被请来就座。酒过三巡，升平公主发话，邀请李端写诗助兴，李端应允，随口占成一首七律，博得满堂赞赏。这时，在座的另一位诗人钱起很不服气，他说："这是李端事先准备好的，没什么了不起，如果李端用他自己的姓作韵重写一首，我就心服口服。"李端更不辞让，又马上做了一首诗，令众人叹服。

郭暖府中有一个名叫镜儿的婢女，长得花容月貌，秀丽无双，还弹得一手好筝，可谓才貌双全，李端对她非常注意，时常用眼角余光瞟她。两人眉来眼去，一片郎情妾意都映在了郭暖的眼中。

郭暖便说："李先生果然好文采，这都难不倒你。不过，若你能用'弹筝'为题写首诗，并让在座客人都高兴，那么我便把这位美婢转赠给你。"

李端听后大喜，他略一凝神，起身吟道：

> 鸣筝金粟柱，素手玉房前。
> 欲得周郎顾，时时误拂弦。

一个妙龄女子，素手弹筝，无限美好，筝中含情，她用筝乐向意中人传达了心中情，也故意弹错曲子，小心地试探对方的心思，这点和三国时吴国的大都督周瑜一样。史载他精通音乐，听人奏曲有误，即便喝醉也分辨得出，必定要回头看一下，故当时有"曲有误，周郎顾"一说。

李端巧妙地借用了这个典故，道出了镜儿故意将曲子弹错，以便向意中人传达心意并试探意中人心中的想法。

李端把这首诗写得格调轻快，风流无限，用典巧妙，别有韵致，得到众人的交口称赞。郭暖非常高兴，当下便将镜儿赏赐给他，成就了一段才子佳人的天赐良缘。

《寒鸦戏水》

　　《寒鸦戏水》是我国广东潮州的著名筝曲，也是潮州"弦诗乐"的代表性曲目之一。它和《昭君怨》、《平沙落雁》、《凤求凰》等并称为广东"弦诗乐"中的十大套，即十首有快慢不同的六十八板完整结构的乐曲。此曲旋律清新、流畅，用清脆、活泼的十六弦或十八弦筝演绎，把一群寒鸦（即鱼鹰）在水面上追逐嬉戏的场景表现得淋漓尽致。

　　全曲可分为"头板"、"拷拍"、"三板"（古筝术语）三个部分。乐曲第一段音乐舒缓，旋律清新，然静中蕴动，并逐渐走向欢快，表现了春天到来，万物复苏，寒鸦在湖面上嬉戏的场景，以展现春意、秀丽景色为主。第二段通过"拷拍"的变奏方式，将音乐衬托得更富欢欣、活跃。第三段旋律再次加快，并配合"花指"的演奏技法，流畅自如地表现出寒鸦不畏春寒，竞相追逐的情景。全曲在此处达到高潮，之后旋律减缓，仿佛寒鸦散去，湖面上荡开一圈圈的涟漪。

寒鸦图[局部] 巨然（南唐—北宋）

何时见得十三弦

在唐代众多著名的诗人中，白居易是不仅具有诗才，而且具有音乐才气的大才子。他对音乐舞蹈的精通，几乎无人能及，还导演过《霓裳羽衣舞》。在他所精通的乐器中，筝是最拿手的。在他的诗作中，引筝作喻、听筝有感、歌咏弹筝之人，不同的内容，不同的画面，在将近二十首作品中都有筝的影子。白居易似乎深深地为筝着迷，他在诗中多次称筝为"魔物"——"但愁封寄去，魔物或惊禅。"在唐代，《魔女弄》是很著名的一首筝独奏曲。"魔物"的魅力在白居易的心中是具有神仙般魔力的。

瑶池霓裳图 任薰（清）

一天，白居易收到好友思黯的一封信，这位好友为他买了一张好筝。白居易欣喜若狂，尽管筝未见到，他还是高兴地提笔作诗：

> 楚匠饶巧思，秦筝多好音。
>
> 如能惠一面，何啻直双金？
>
> 玉柱调须品，朱弦染要深。

邮寄一张筝，这在白居易生活的时代似乎不是件简单的事，要费好大的周折，花很长一段时间。这就让白居易的心一直为这未收到的筝激动着，接二连三写下了好几首诗词，像《酬思黯戏赠同用狂字》、《早春忆游思黯南庄因寄长句》、《奉和思黯自题南庄见示兼呈梦得》等，这"思黯"就是白居易的好友。

事情也着实有趣，思黯早早把自己送筝的消息告诉了白居易，可这筝却迟迟未送到。甚至两位友人都见了面，筝却还未见到，所以，白居易马上又做了《戏答思黯》：

> 何时得见十三弦，待取无云有月天。
>
> 愿得金波明似镜，镜中照出月中仙。

终于，白居易在久盼之后，终于收到了思黯寄来的筝。他对这礼物是爱不释手，兴奋之余又做了一首诗，诗中称好友是"济世贤"：

远讯惊魔物，深情寄酒钱。

霜纨一百疋，玉柱十三弦。

楚醴来尊里，秦声送耳边。

何时红烛下，相对一陶然。

　　白居易真的是被这十三弦迷住了，是一个地地道道的筝迷。如果那个时代也存在留声机，把白居易弹奏的筝乐录下来，现在听来，肯定是天籁之音。

《霓裳羽衣舞》

　　《霓裳羽衣舞》即《霓裳羽衣曲》，简称《霓裳》，是唐代大曲中的法曲精品，唐代歌舞的集大成之作。此曲是由唐玄宗作曲，安史之乱后失传，南宋年间，姜夔发现商调霓裳曲的乐谱十八段，这些片段保存在他的《白石道人歌曲》里。直到现在，《霓裳》仍是音乐舞蹈史上的一颗璀璨的明珠。

　　《霓裳羽衣舞》描写的是唐玄宗向往神仙而去月宫见到仙女的神话，全曲的舞蹈、音乐和服饰都着力描绘虚无缥缈的仙境和舞姿婆娑的仙女形象，给人以身临其境的艺术感受。白居易写有《霓裳羽衣舞歌》一诗，对此曲的结构和舞姿进行了细致的描绘。

　　全曲共三十六段，分为散序、中序和曲破三部分，融歌、舞、器乐演奏为一体。此曲在唐朝时备受青睐，唐玄宗亲自教梨园弟子演奏，由宫女歌唱，传说玄宗宠爱的贵妃杨玉环也亲自做过舞蹈表演，一时传为佳话。

　　《霓裳羽衣曲》随着唐王朝的衰落而逐渐失传。五代时，南唐后主李煜获得残谱，他与皇后周后一起复原了失传二百年的《霓裳羽衣曲》，并一度整理排演，但已不是最初的韵味了。

东坡偶遇抚筝女

苏东坡是性情中人，有着超凡的天资和深厚的知识基础，他对广旷亢邈的筝声自然有着一种心领神会的本能。

雨后初晴，西湖风光显得光鲜了许多。湖水清澈如镜，柔柔的风轻轻地吹动着湖面，美丽的凤凰山映在湖中，仿若窈窕美女在对镜梳妆，动静恬然。灿烂的晚霞，绮丽多姿，如同朵朵山花，摇曳芬芳。胜景之下，忽然飘来一朵白莲花，好似天外飞来的白鹭。苏轼被这雨后西湖美景所折服了。

在大诗人苏轼沉醉于雨后西湖美景时，动听的筝声从远处传来。

原来是一叶轻舟上，有两位姑娘正在抚筝弹曲。当苏轼听得入神时，刚想循声过去，哪知抚筝之人所乘的小舟突然消失了。苏轼怅然若失，于是便写下了这首《江城子·湖上与张先同赋，时闻弹筝》：

> 凤凰山下雨初晴。水风清，晚霞明，一朵芙蕖，开过尚盈盈。何处飞来双白鹭？如有意，慕娉婷。
>
> 忽闻江上弄哀筝。苦含情，遣谁听？烟敛云收，依约是湘灵。欲待曲终寻问取，人不见，数峰青。

筝曲是一种听觉艺术，需要心心相印的知音才能产生共鸣。当时的苏轼，岁月波澜重重，屡遭贬谪，所以此时听到的筝曲也是"哀筝"，也是"苦含情"，也只有处在此情此景中的苏轼才能从抚筝女的筝曲中辨出一些味道来。

蕉石图 徐渭（明）

《蕉窗夜雨》

　　《蕉窗夜雨》是广东客家筝流派中的优秀曲目之一。客家筝的形成和中原汉乐南迁后与当地自然风俗、语言文化等的结合密切有关，是具有浓厚地方特色的一种音乐风格。全曲旋律流畅自如、古朴典雅，颇有中国水墨山水画之意境。据传此曲源自宋代，描绘了旅人在夜晚独自聆听雨打芭蕉的声响而思念故乡的情景。

　　此曲仅有三十四小节，然而演奏者在演奏时将乐曲反复三至五遍，每遍都分别演绎出不同的风味，并营造出全曲跌宕、起伏的情致，令听众如置身于夜雨淙淙的环境中。

　　通常此曲在第一遍演绎时较为平和、舒缓，表达出旅客一夜不眠，耳听芭蕉滴雨，滴到天明的思乡之情，重在抒情。到了第二遍，弹奏速度开始加快，通过深沉的和弦低音和富有动感的韵律，营造出夜雨不止，闷雷隐隐的感觉。之后的第三遍速度更快，旋律转到了高音区，其音洒脱跳荡，清丽明亮，情绪也更为酣畅淋漓，雨打芭蕉犹似珠玉落盘，波澜迭起直至达到高潮，最后戛然而止，如同夜雨骤歇。而此刻曲虽终而韵未止，思乡之情绵延不绝。

筝曲清扬

筝曲冤案萧皇后

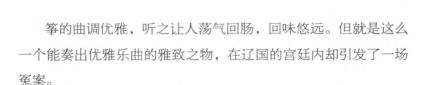

筝的曲调优雅，听之让人荡气回肠，回味悠远。但就是这么一个能奏出优雅乐曲的雅致之物，在辽国的宫廷内却引发了一场冤案。

辽道宗耶律洪基的皇后是萧观音，人称"萧皇后"，又称"懿德皇后"。她"姿容冠绝，工诗，善谈论。自制歌词，尤善筝琶"，耶律洪基对她甚为宠爱，外出打猎也要带她一起游玩。

萧皇后从小聪明好学，弹得一手好筝曲。她不仅自己谱曲弹唱，还培养了一批弹筝高手。萧皇后的传世之作以《回心院》最为有名，诗文载于王鼎所撰《焚椒录》中。她写好这首词后，让诸伶用筝弹唱。但由于萧皇后谱写的筝曲弹奏难度很大，很多伶人都知难而退了。宫中有个叫赵惟一的汉族伶人弹筝技法十分高超，演奏得丝丝入扣，使人听着筝曲便如同身处其境。而诸伶中只有赵惟一能熟练弹唱萧皇后的《回心院》。因此，萧皇后十分赏识他的才华。赵惟一便常常奉召，出入宫禁，和萧皇后在一起弹奏筝曲。

宫中还有一个弹筝的婢女名叫单登，非常嫉妒赵惟一，认为自己的筝艺高于他，却得不到萧皇后的赏识，心里很是愤愤不平。

一天，萧皇后把二人一同召到宫中，对弹四旦二十八调，赵惟一的技艺高出了单登，得到皇后的赞扬。单登怀恨在心，决定设计陷害萧皇后。单登的妹妹与枢密使耶律乙辛私通，耶律乙辛也对萧皇后不满，于是二人开始合谋陷害萧皇后。

耶律乙辛模仿萧皇后的笔迹，抄写下当时的淫曲《十香词》，并在诗的后面附上一首萧皇后的《诗怀古》，然后由单登把这些伪造的"证据"交给了辽道宗耶律洪基，诬陷萧皇后和赵惟一私通。

国王轻信谗言，不但杀了赵惟一，还赐萧皇后自尽。萧皇后临死之前写下《绝命词》。百姓纷纷为萧皇后的冤案鸣不平，让她的《绝命词》广泛流传于民间。

轧筝（清）

国乐一曲《白翎雀》

开国遗音乐府传，白翎飞上十三弦；

大金优谏关卿在，《伊尹扶汤》进剧篇。

诗中提到的白翎指的是筝曲《白翎雀》。《白翎雀》曾在蒙古草原上广泛流传，妇孺皆知，家喻户晓。元世祖忽必烈还把这首筝曲定为国乐，其曲魅力可见一斑。

忽必烈刚刚即位时，便命宫中伶人作一首筝曲，要表现能在茫茫大漠中制服猛兽，还能捉住天鹅的白翎雀，借此来表达自己当时的心情和未来的志向。

寒雀图[局部] 崔白（北宋）

忽必烈

忽必烈（1215～1294），即元世祖，元朝的创建者，是蒙古帝国可汗铁木真之孙。同其祖父一样，忽必烈也是蒙古民族光辉历史的缔造者，是蒙古族卓越的政治家、军事家。他在青年时就"思大有为于天下"。他一生征战，一统天下，建立了幅员辽阔的统一多民族国家——元。

伶人硕德闾奉旨作曲，他特地去观察和研究了白翎雀的声音及生活习性，针对白翎雀雌雄合鸣的悦耳叫声，初作了一曲《答剌》。忽必烈听后并不满意，"何其未有孤嫠怨悲之音乎？"

原来，有一次忽必烈在林中狩猎时，遇到一位哭得很伤心的妇人；后来又在林中看到白翎雀栖息在树上，它的鸣叫声就像嫠妇的哭声，悲伤、哀怨。忽必烈就是因为听到了白翎雀的哀鸣而被深深感动，才想做成乐曲的。

硕德闾根据忽必烈的感受再次修改了乐曲，循筝哀弦奏出"孤嫠怨悲之音"。并且乐曲内容丰富了很多：铮铮诉弦，舒展柔和的乐音，仿佛白翎雀雌雄合鸣；节奏急促起来时，白翎雀的雄武、刚烈、搏击长空、鸟瞰神州的雄姿被表现得淋漓尽致；而曲中的声声哀弦，刚好和快乐、刚烈的曲调组成了一个完整的感情世界。

《渔舟唱晚》

　　《渔舟唱晚》产生于20世纪二三十年代，是由娄树华根据古谱《归去来》片断素材和十三弦筝的特点改编而成的（另说是由金灼南根据民间筝曲《双板》等改编而成）。它充分发挥了古筝的弹按技巧，突破地方风格的局限，演绎出别具风味的诗情画意，一经问世，就受到人民群众的广泛喜爱。

　　此曲题目和意境取自王勃《滕王阁序》中"落霞与孤鹜齐飞，秋水共长天一色，渔舟唱晚，响穷彭蠡之滨"中的"渔舟唱晚"。通过古筝的演绎，为听众展现出一幅夕阳西下，波光粼粼，渔翁荡桨悠然而归的美丽晚景，抒发了作者对大自然和生活的热爱。

　　全曲可以分为两个部分加一个尾声。第一段是韵致悠远、抒情舒缓的慢板，营造出一幅美丽的湖光山色。第二部分是欢欣的快板，仿佛是渔人晚归，桨荡湖心，泛起阵阵涟漪，打破了适才的宁谧。渔翁们摇橹破浪，水花四溅，歌声四起，江面上水声、摇橹声、歌声、应答声交织成一片。热闹过后，乐曲迎来了尾声，轻柔的筝声把人们带回到逐渐安宁、涟漪散去后的黄昏湖面，而适才激荡的音乐还盘旋在脑海，令人回味不已。

渔村夕照图[局部] 法常（南宋）

第四章

胡琴如诉

甲第开金穴，荣期乐自多。

枥嘶支遁马，池养右军鹅。

竹引嵇琴入，花邀戴客过。

山公来取醉，时唱接篱歌。

——唐孟浩然《宴荣山人池亭诗》

二胡

"胡琴咿咿哑哑拉着，在万盏灯的夜晚，拉过来又拉过去，说不尽的苍凉的故事……"张爱玲在《倾城之恋》中，用一把二胡演绎出乱世里情爱的悲喜和人生的苍凉。二胡，是胡琴的一种，又名"南胡"、"嗡子"、"胡胡"等。的确，在中国所有的民族乐器里，也只有胡琴，才能演绎出那份流动不止的悲情和深沉厚重的生命之声。

胡琴始于唐朝，是我国流传很广的民族拉弦乐器，至今已有一千多年的历史。胡琴的音色刚柔多变、精巧灵动，适合演奏各种复杂的音调：它既能表现凄楚哀怨的人生悲歌，又能表现活泼欢欣的空山鸟语，还能化作缠绵情语动人心扉，或变为激奋昂扬的光明之声。

胡琴（二胡）制作工艺

二胡制作的关键是琴壳，因此制作一个合格的木壳非常重要。二胡根据木料的不同分为普及二胡、优质二胡、紫檀二胡等，硬杂木、红木、紫檀木、乌木等都为可供选择的材料。

制作二胡，首先应将各部件做出来，然后装配在一起。

琴杆和琴头

按材料选好尺寸锯出毛坯，用木锉锉成圆锥体型，琴杆上端要刨平，成四方形状，其顶端要拼上适合雕刻琴头装饰的粗坯。琴杆制作很关键，它是二胡受力的主要部件，所以要掌握分寸，使其略往后弯，以便演奏时丰富音色。琴头雕刻只为装饰用，以增加美观。

琴 筒

琴筒的六块板在长短、宽窄和厚薄上要求一致。琴筒胶好后，在中部锉出凹形(俗称打凹)，打磨光滑。筒前口是蒙皮膜的部位，蒙皮后，再在筒后口内装上音窗。

鞔 皮

一般来说，蟒皮是最适宜的。鞔皮的松紧度对二胡的出声有很大作用，每一张皮和每个琴筒接触后都会发出不同的声音。

琴 轴

将选好的木材锯成小段，修圆后制出有粗、细两端的琴轴。

音 窗

将选好的料刨光后，把各种花样的音窗图样拼贴在木板上，磨光而成。

琴弓、琴弦

琴弓的马尾数量一般为160~220根，安装时应倒顺各半，上下弓音才会一致。琴弦是二胡的发音体，使用丝线和钢丝弦两种。

琴托、琴马

琴托，又称"托板"，采用与琴身相同的木料制成。琴托有助于琴筒的振动共鸣。琴马中间的桥孔大小要适中，受压后要与琴皮吻合。

一弦嵇琴奏雅音

"竹引嵇琴入，花邀戴客过。"（孟浩然《宴荣山人池亭诗》）嵇琴，或称"奚琴"，是二胡的前身，最早出现于唐代。学者陈元靓在《事林广记》中考证嵇琴的来源，认为它是嵇康所制，故名"嵇琴"，而另一大学者沈括还在他的《补笔谈·乐律》记载了一个有关嵇琴的故事。

宋神宗熙宁年间，在一次宫宴上，嵇琴乐师徐衍奉旨拉琴，众人正听得心醉神迷之际，忽听得"嘣"的一声，嵇琴的弦断了一根。一旁的乐师见此情景，急得汗流浃背：这嵇琴本来就只有两根弦，演奏时需用竹片夹在二弦之间拨动，断了一根，可怎么办呢？更何况此时正当宫廷盛宴，大庭广众之下断弦扫兴，可不要惹得龙颜大怒嘛！

可徐衍却不动声色，他轻而易举地把那断弦声掩盖过去，神色自若地继续演奏下去。

熟知嵇琴的乐师都知道，徐衍这是在把两根弦上的音全部转移到一根弦上拉奏，这样就非得有高超的技巧不可。因为外弦定音高于内弦，要是外弦断了，用内弦演奏外弦的高音，需要将把位扩展到二、三、四把。把位幅度加大，上下换把增多，还必须保持乐曲原有的风格，这并非易事。

弄胡琴图 王树榖（清）

　　然而徐衍胸有成竹，手底的音乐源源不断地流淌出来。一曲终了，众人赞不
绝口，觉得今天的音色特别婉转，格外和谐柔美。后来大家发现他演奏时竟然只
用一根弦后，更为叹服。而其他乐师也被徐衍高超的演技和临机应变的机智所折
服。此后，徐衍一弦奏曲的故事流传开来，而人们也给这种独特的演奏方式起名
为"一弦嵇琴格"。

《赛马》

　　《赛马》是一首脍炙人口的二胡曲，最初是由著名作曲家黄怀海在1964年创作的，后由闵惠芬大师在访问蒙古的时候即兴改编，之后又经过沈立群同志改编，演绎成今天的更为短小精悍的版本，舞台效果更为强烈。

　　这首乐曲表现的是我国内蒙古地区人民在传统节日"那达慕"盛会上进行赛马比赛时的情景。乐曲旋律简单，主题是蒙古族民歌《红旗歌》。黄怀海先生从《红旗歌》中得到创作灵感，凭借自己娴熟的二胡演奏技巧，把一首仅有四句十六小节的民歌，升华为一首风靡全国，响彻海内外的传世之作。

　　乐曲开始时通过描写奔腾激越、纵横驰骋的骏马来刻画蒙古族人民节日赛马的热烈场面，接着完整地引用民歌的全曲旋律，通过对民歌锦上添花地变奏，创造性地运用大段落的拨弦技巧，使乐曲别开生面，独树一帜，随后自然地引出了华彩乐段，这是模仿马头琴演奏手法的一段"独白"式的音乐。它把草原的辽阔美丽和牧民们的喜悦心情表现得酣畅淋漓，同时把二胡的演奏技巧提到了新的高难度水平。乐曲的最后，以第一段旋律的变化再现结束全曲。

图片提供：FOTOE

清乾隆时期，政治稳定，经济繁荣，上至皇室贵族下至市井百姓都喜欢听戏，戏曲的发展非常辉煌，作为戏曲中用于伴奏的胡琴发挥了巨大的作用。然而到了嘉庆皇帝登基之后，胡琴却被皇帝下令在宫中禁用，直到清代晚期。

原来胡琴的两根弦一个叫"老弦"，一个叫"子弦"。当时乾隆还健在，这就犯了太上皇乾隆和当朝皇帝嘉庆的忌讳。因为在演奏过程中，无论是哪根弦断了都不好，老弦断了，影射到太上皇，小弦断了，则影射到当朝皇帝嘉庆。

到了慈禧当政的时候，京剧受欢迎的程度至甚，胡琴也被解了禁。皇宫里从慈禧太后到皇室子弟都十分喜欢京剧，而且几乎各个都成了行家里手。在民间演艺精湛的京剧演员常常被召进宫去，乐师也一同随去伴奏。

当时有个叫孙佐臣的胡琴演奏者也常常被召进宫表演。他有一把很好的胡琴，在孙佐臣眼里，这可是千金难换的宝贝。

光绪皇帝知道孙佐臣有这么一把上等好琴，非常想拿到自己身边把玩，于是就下令请孙佐臣进宫演奏。悠扬的胡琴声回荡在耳边，光绪帝陶醉了，他闭着眼睛，一边打着节拍一边听。当胡琴声停下来时，光绪突然睁眼，马上朝孙佐臣走去。孙佐臣还没来得及反应，胡琴已经被光绪帝拿跑了。

孙佐臣向来爱琴如命，尤其是对这把上等胡琴，更是珍爱有加。自从光绪把胡琴拿跑了之后，孙佐臣便一病不起。慈禧太后见好几次宫中的京剧伴奏都没有孙佐臣，心生疑惑。当知道事情的来龙去脉后，她马上命光绪把胡琴还给了孙佐臣。

不过，光绪依旧喜欢胡琴，喜欢京剧。当慈禧太后把他关在瀛台后，戏曲弦歌就是他的玩伴，直到生命的最后。

慈禧像

光绪皇帝

《汉宫秋月》

《汉宫秋月》原出于《瀛洲古调》琵琶谱《汉宫秋月》第一段。后来民族音乐家刘天华先生根据广东胡琴曲《汉宫秋月》的唱片记谱、整理，并经过后世演奏家的演绎、发展逐渐完善，成为二胡曲中最为经典、意境深远的代表作品。

此曲表现古代宫女在一个凄清冷落的秋夜，满腹哀怨地悲叹自己"年年花落无人见，空逐春泉出御沟"的命运。全曲一开场就通过揉弦引入一缕愁思，一股哀情，奠定了全曲的情绪总氛围。乐曲在平稳间流露跌宕之意，旋律若断若续，好似叹息连绵不止。旋律由慢至快，情绪也由缓至紧，正当宫女内心哀怨之情如涨潮时分的波涛不断涌动时，突然采取弱力度来演奏，极有分寸地展现其内心挣扎、悱恻的情绪，表现了宫女苦闷与留恋并有的心态。

有人赞此曲"怨则怨矣，却怨而不怒；哀固哀哉，却哀而不伤"，那如泣如诉的旋律，无限惆怅的乐声，似宫女在吐露她的忧伤，令人同情，使人沉浸其中。

秋风纨扇图 唐寅（明）

胡琴伴戏世无双

清人吴太初在《燕京小谱》中云："蜀伶新出琴腔，即甘肃腔，名西秦腔。其器不用笙笛，以胡琴为主，月琴副之，工尺咿唔如语，且色之无歌喉者，每借以藏拙焉。" 由于胡琴类拉弦乐器的音质近似人声，并可利用按弦技巧搭配唱腔，以至于可达到为演唱者藏拙的程度，因此在戏曲中发挥了很大的作用，成为舞台上不可或缺的主件伴奏乐器。

苏州留园里拉二胡的姑娘

霸王别姬中饰演虞姬的梅兰芳

　　1923年，著名京剧大师梅兰芳先生在北京排新戏《西施》时，感到音乐伴奏单薄，就用了很多乐器来试听。首先是四胡，觉得加它以后，反而削弱了脆亮的音色；用大忽雷、小忽雷试，觉得音色很乱；最后干脆用最普通的二胡来试，一听之下，都觉得音色很圆滑，在衬托京胡后更好听了……二胡伴着京胡第一次出现在舞台上的时候，观众觉得很新鲜，当然也有不少人反对。不过，经过一段时间以后，人们的耳音也就习惯了，也没有人不满意了。后来又经过改良，制造出了专门为京剧伴奏的京二胡。在演奏家出色的演绎下，那一时期出现了不少京剧伴奏精品，像梅兰芳的《霸王别姬》、《凤还巢》、《天女散花》、《西施》等。

梅雨田是梅兰芳的伯父，曾是京剧琴师四大名家之一，人称"胡琴梅"。

"刚健而未尝失之粗豪，绵密而不流于纤巧，音节谐适，格局谨严，有时偶用花点，不必矜奇立异，自然大雅不群；其随腔垫字，与唱者嗓音气口，针芥相投，妙在游行自如，浑含一气，如天孙万锦无迹可寻，洵可称胡琴圣手。"京剧音乐家陈彦衡这样评价梅雨田的胡琴演奏。

梅雨田的胡琴总是能很稳定地衬托演唱者的韵腔换气，演奏出一种高超的艺术，高傲的性格也尽在胡琴发出的乐曲间一一展现出来。只要是人的唱腔能唱到的地方，梅雨田的琴弦都能弹到。他的胡琴手音堪称一绝，沉着圆浑，而且他喜欢用长弓，指法、弓法、腕力都非常矫健灵活，伴奏唱曲疏密相间，配合得天衣无缝，音到紧密处，手指疾如飞轮，准确流利，听这样的胡琴伴奏出的京剧唱段，对于票友来说，实在是一种享受。

梅雨田所用胡琴

《空山鸟语》

　　《空山鸟语》是民族音乐家刘天华一首著名的二胡曲，它描写了大自然多姿多彩的万千气象，特别是模拟出山谷间百鸟争鸣，鸟语花香的景观，给人以极大的艺术享受。

　　用二胡上奏出各种鸟鸣，这种模仿并不生涩，而是相当灵动、自然、变化多端。二胡声既模拟出音色各异的鸟叫，还营造出一种幽然叶自落，空山鸟鸣欢的情境，层次丰富，引人入胜。

　　全曲一共可分为五段，附引子和尾声。引子展现出清晨寂静的山中，几只小鸟啁啾，引得空谷回荡的景象。第一段是全曲的主题，伴着鸟语，把人置身于大自然的喜悦与身周的鸟语融为一体。第二段展现出小鸟云集，展翅起飞的情景。第三段旋律流畅灵动，第四、五两段逐渐走向全曲高潮，模拟出各种鸟叫的声音，热闹地展现出群鸟齐唱，空谷回音的盛况。尾声嗒然下落，漂亮的收音，好似群鸟瞬间齐飞，急急归林，山谷重归一片宁静。

幽谷图　郭熙（北宋）

悠悠古音

二泉映月倾心曲

阿炳拉二胡雕像

　　中国近代音乐史上有一位二胡大师，他的身世极富传奇色彩，这就是人称"瞎子阿炳"的华彦钧。

　　阿炳的原名叫华彦钧，生于1893年，他的父亲华清和是无锡城中三清殿道观雷尊殿的当家道士。阿炳年幼丧母，由同族婶母抚养，八岁的时候跟随父亲在雷尊殿当小道士。华清和自身精通音律，善弹乐器，尤以琵琶为佳，素有"铁手琵琶"之美称。他对小阿炳的管教相当严格，要他按照传统的习艺方式把铙钹、木鱼、竹笛、唢呐、二胡、琵琶等一一学会。

小阿炳非常刻苦认真，他手持铁筷击方砖苦练击鼓绝技，长时间练习二胡练到指尖磨出血，还在笛尾挂秤砣增加自己的腕力。他日间跟父亲外出接活做斋事，晚上站在长凳上克制睡意练习吹笛。就这样，到了成年的时候，阿炳已经可以自如演奏各种乐器，吹拉弹打唱念做，样样精通，得到大家的一致赞赏，被誉为"小天师"。

阿炳到了二十二岁的时候，父亲过世，他子承父业，成为雷尊殿的当家道士。可他那时候非常年轻，喜欢玩，又交友不慎，竟染上了吸毒和嫖娼的恶习。结果由梅毒感染的眼疾越来越严重，终于导致双目失明。这是阿炳人生的分水岭，彼时他已经三十四五岁了，承接的斋事越来越少，病痛和贫困如约而至，给予他一次命运的重击。

一贫如洗的阿炳心灰意冷，一度想一死了之，但是，他舍不得身旁的乐器，曾经赋予他生命力的二胡与琵琶又在呼唤他重新振作。阿炳终于决定，走上街头卖唱为生。

于是他在鼻梁上架起一副墨镜，胸前挂满了笛子、琵琶等乐器，手里拿着胡琴和竹片，走上了街头。人们称阿炳是三不穷，"人穷志不穷，人穷嘴不穷，人穷名不穷"。他在自己唱的曲子里讲故事，发议论，敢于揭发黑暗、鞭答恶势力，唱到大快人心。

有一次，在无锡城里有个财主强奸婢女，婢女家人赶来评理，却被财主拒之门外，告上法院法官又被买通，婢女一家被逼得走投无路。阿炳听说后，就把此事编成新闻，边弹边唱。阿炳编的曲子朗朗上口，不胫而走，全城都知道了。这个财主吓得东躲西藏，多时不敢露面。

日军占领无锡，一个叫章士钧的人当了汉奸。阿炳知道后就编词骂他，遭到了一顿毒打。后来这个汉奸又被日本人杀了，阿炳拍手称快之余写了一首《汉奸的下场》沿街演唱，听者无不叫好。

阿炳演奏的技艺自成一家，对于二胡尤其情有独钟，擅长用胡琴来模仿鸡鸣狗吠，男女的哭笑声、叹息声和无锡当地的土话。不过阿炳自己从来不看重这些，认为不过是雕虫小技而已，不是音乐真正的境界。他曾说过："几十年来我听见什么使我喜爱的音乐，不问能教的是谁，我都跟他学，教过我一曲两曲的人太多了，连我自己都无法记得。"在他所录的二胡作品中，有一首《听松》，就是跟惠山寺院里的和尚学的。

　　《听松》是一首气魄豪迈、情感充沛的二胡独奏曲，阿炳在日军占领无锡后常演奏此曲。他每次在演奏《听松》之前，都要讲述金兀术狼狈败逃的故事。宋朝时，金兀术被岳飞打到走投无路，狼狈逃窜至无锡的惠山下。他躺在听松石上，心惊肉跳地倾听着宋朝兵马的声音，此曲描写的就是这个故事。阿炳用二胡的乐声和金兀术的故事隐喻日军必败的结局，同时鼓舞着同胞们爱国的热情。

阿炳墓地

《二泉映月》

　　《二泉映月》是我国杰出的民间音乐家阿炳（华彦钧）于20世纪30年代创作的一首二胡曲。

　　阿炳在创作它时曾说过："这首曲子是没有名字的，信手拉来，久而久之，就成了现在这个样子。"全曲乐调含蓄、悠远，运用二胡的多种技法和不同力度，细致入微地刻画出作者压抑在心底的幽愤、哀痛之情，同时还传达出面对生活艰辛绝不低头的倔强，极富艺术感染力。

　　开场的引子犹如对不公的命运和坎坷的身世发出的一声长叹，置身于茫茫月色中，身旁清冷溪水缓缓流过，阿炳目不能视，备感凄凉，心中酸楚，便欲诉尽人生不平事，"从头便是断肠声"。接着第一段落重复乐调，音色平稳而凝重，仿佛阿炳开始慢慢回忆那些辽远的心事，那苦不堪言的过往，那流浪坎坷的人生路。之后的段落，全曲呈波浪式递进，忽而低沉、哀婉，诉说着那一份不为人知的辛酸；又忽而高亢、激昂，像在抗议命运的不公、社会的黑暗，以及抒发内心顽强的生活意志。尾声由紧至缓，作者思索未止，疑问未停：哪里是我们这些穷苦人民的出路？

　　全曲委婉苍凉，起伏有致，意境深远。透过乐曲，我们仿佛看到一个历经磨难的流浪艺人在人生路上前行不止的倔强形象，令人深为感动。

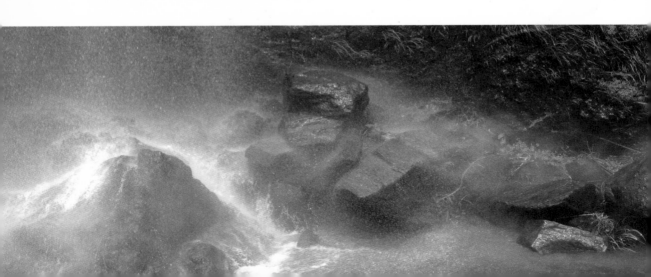

开拓二胡新纪元

　　我国著名的民族音乐家刘天华，1895年出生在江苏省江阴县一个清贫的知识分子家庭，从小接受父亲进步思想的启蒙教育。十四岁那年，他跟随哥哥刘半农去常州读中学，加入了学校的军乐队。由此开启了他音乐生涯的大门，之后他广泛学习各种民族乐器。他不耻下问，不畏世俗，曾拜阴城涌塔寺小和尚彻尘为师学习二胡；还不顾自己教师声誉，拜华士镇乞丐龚发健为师学习唢呐；即便在成为知名教授后，他仍如饥似渴地和民间艺人、外籍教师讨论，每天练琴六七个小时。哥哥刘半农在谈到弟弟时曾说过："天华性情初不与音乐甚近，而能'恒'与'毅'，则常人无能几。择业既定，便悉全力以赴之；往往练习一器，自黎明至深夜不肯歇，甚至连十数日不肯歇，其艺事之成功实由于此，所谓'人定胜天'者非耶？"在刘天华短短三十七年的人生中，他掌握了包括二胡、琵琶、三弦、古琴、小号、小提琴、钢琴等在内的多种乐器技法，尤以擅长二胡与琵琶著名。

蔡元培

　　刘天华受到"平民文学"的思想影响，立志推行"改进国乐"活动，要让民族乐器普及大众。他的第一个选择就是胡琴。

　　1922年，刘天华来到北京，被"北京大学音乐传习所"聘为二胡专业课程的导师。他不满胡琴艺术的现状，直接找到校长蔡元培和他探讨。刘天华说，论及胡琴这件乐器，从前在国乐盛行的时代，人们都视它为胡乐，非常鄙视……然而环顾国内，皮黄、梆子、高腔、滩簧、粤调、川调，以及各地小曲、丝竹合奏、僧道法曲等，哪一种调离得了它。胡琴在国乐史上可与琴、琵琶、三弦、笛的位置相等。古往今来，许多人把胡琴视作粗鄙淫荡之器，不登大雅之堂，这实在是不明之论。要知道音乐的粗鄙与文雅，全在演奏者的思想、技术和乐曲组织。同一乐器，七情都能表现，胡琴又何能例外？接着，他又表明自己的心迹："改进国乐之事，我脑中酝酿已久，我既是中国人，又以研究音乐为职志，倘若对垂沧之国乐不能补救，实为愧事"。

　　蔡元培听后大为感动，表示支持，并把刘天华介绍到北京女子高等师范学校教授二胡。

图片提供：全景正片

　　然而建立一门学科，光凭热情远远不够，还需要系统地整理这门学科内部的各种关系。在民族乐器中，二胡先天不足，既没有独奏曲目，也没有师承关系和流派。刘天华悉心研究，把满腔热情化作了脚踏实地的实践。他埋头创作，编制了十首独奏曲和四十七首练习曲，并借鉴小提琴的演奏手法，制定二胡演奏的把位、指法、弓法等各种技巧。

　　这些曲目开拓了现代二胡艺术的新纪元，斐迪南·雷兴在《纪念刘天华》一文中曾说道："中国的哲学能夺取西方人的头脑，宋代的山水画能震撼我们的心灵，明代的小说也能吸引我们的注意。但中国的音乐迄今极少能感动我们，而刘天华的琵琶、二胡乐声，却使我们惊奇、渴望、兴奋，这却是一个完全新的境界。"刘天华在他的音乐声中贯注了他对整个民族的爱。

《光明行》

　　《光明行》是刘天华于1931年春创作的一首二胡独奏曲，该曲振奋人心、激越昂扬、气势豪迈，表达了人们追求光明与幸福的信念，和对困难坎坷永不言败的斗志。它是五四时代罕见的一首具有民族气派的进行曲风格的民族器乐作品，也是刘天华先生现存二胡作品中最具进取精神，最为乐观、明朗的作品。

　　《光明行》在技法上借鉴了许多西洋的作曲技法，为全曲创造出一种进行曲的风格，完美地将西洋作品技法与中国民族音乐风格结合在一起，突破了以往二胡只能演奏凄婉、苍凉曲调的局限。

　　以二胡模仿军鼓，奏出一种列阵前进的军威和气势；模拟军号声，气势昂扬，象征民众觉醒走向光明。全曲音色明亮，奏出一片内涵丰富的宏大气势，颇似西方交响曲特质。令人听后情绪饱满，斗志昂扬，似乎光明就在眼前。

第五章

玉笛飞声

寒山吹笛唤春归，迁客相看泪满衣。
洞庭一夜无穷雁，不待天明尽北飞。
——唐 李益《春夜闻笛》

谁家玉笛暗飞声，散入春风满洛城。

此夜曲中闻折柳，何人不起故园情。

李白的一首《春夜洛城闻笛》，吹开心扉，用一缕笛音勾起了深藏在每个人内心的恋恋乡愁。

笛，又称"竹笛"、"笛子"、"横笛"等，古时称为"横吹"。笛子是我国最具特色的吹奏乐器之一，它的历史可以上溯到新石器时代的骨笛，距今已有八千余年了。骨笛是人类先民在狩猎时用来诱捕猎物的一种工具，用鸟禽的肢骨加工而成。后来到了黄帝时期，人们开始用竹料制笛。《史记》记载："黄帝使伶伦伐竹于昆簬、斩而作笛，吹作凤鸣。"笛在汉代以前多为竖吹，后逐渐变为横吹，与竖吹的箫等乐器区分开来。

中国笛子演奏技巧丰富，既能演绎动人高亢的悠长旋律，又能吹奏欢快华丽的小步舞曲，还能表现和模拟各种声音，是中国民族乐器中的一大瑰宝。

骨笛（新石器时代裴李岗文化）

笛子

贾湖骨笛（新石器时代裴李岗文化）

笛的制作工艺

选料

制作竹笛，竹子的质地非常重要，这关系到乐声的质量。一般来说四到五年竹龄的竹子作为制笛材料来讲是最合适的。而取竹的时间也很重要，通常在冬天霜降前后收取竹子，此时含水量较低，制笛后不易发霉。选好料后可根据调门的需要截出竹子的长短。

烤竹

一般采用文火烤竹，使竹料不致太干，同时又不会存留太多水分，这样制成的笛子才会音色圆润。在烤竹时，要对本不顺直的竹子进行调直，同时还要用"夹板"对竹子进行夹圆。

通膛

就是用膛锉把竹子内壁的竹节打通。

定调

就是用尺子量出竹子的内径，根据内径决定这支笛子的调门。

打 孔

就是画线定孔距然后打孔。这是尤其重要的，因为正确的下点位置将决定竹笛的整体质量和音色，吹孔及膜孔之位置关系尤大，膜孔的位置如果不正确，将严重影响所有高低音的音色。

烙笛孔

烧红的通条烙笛孔，使之呈椭圆形，在一般情况下吹孔大于音孔，音孔大于膜孔。烙眼后用刀具把笛眼修整规范。

放"海底"

所谓"海底"，就是笛塞，又叫"笛脑"，一般用软木做成。"海底"制成后，把它放入笛中，要严密合缝，不能漏气，否则影响发音。跟着是校音，如果音不准，可用刀具在音孔上进行调整。

上 漆

这是为了保护笛身，防止受潮，帮助音色，同时也有助美观。在上漆前，要打磨笛孔，使之光滑，还要刻调名，清洗笛身。当然也可以不上漆，保持竹子的天然本色。

三弄梅花曲绝伦

　　桓伊在历史上是东晋的一位著名将军，相传笛曲《梅花三弄》就是他所作的。

　　公元383年，桓伊参与了谢安、谢琰领导的抵抗前秦统帅苻坚百万大军南下入侵的"淝水之战"，立下显赫军功，被封为永修县侯和右路大将军。

　　除了拥有杰出的军事才能，桓伊还是一位精通音律的乐师。史书记载，他曾借弹筝之际，委婉进谏，使得晋武帝消除对功臣谢玄、谢安等人的猜忌；而"善音乐，尽一时之妙，为江左第一"更是当时人们赠他的美誉。

淝水之战

桓伊最爱吹笛，而他所吹的笛子又颇有些来历，据说是东汉著名音乐家蔡邕折柯亭第十六根竹亲手制作而成，音色优美无双，人称"柯亭笛"。伏滔在《长笛赋序》中云"余同僚桓子野有故长笛名柯亭"，可引之为证。

桓伊自得了柯亭笛后，常吹奏演习，他善吹笛的名声也越来越盛。

有一天，大书法家王徽之应诏赴东晋都城建康，所乘的船停泊在青溪码头。恰巧此时桓伊从岸上经过，王徽之本人并不认识桓伊，听船中一位客人道，这就是桓野王（桓伊字野王）。王徽之马上命人对桓伊说："闻君善吹笛，试为我一奏。"虽然此时的桓伊早已是高官贵胄，可他也久闻王徽之大名，便即刻下马登船，坐于胡床上。桓伊稍加调试，便横笛徐徐吹奏，吹出一段三弄梅花之调来，美妙绝伦。吹毕，两人更不多言，桓伊掉头就走。这两位风流名士虽相互倾心良久，偶尔陌路相逢，却仍是只以音乐来酬答，并没有多余的一句废话。晋人磊落旷达，不拘一格的作风由此可见一斑。

这便是桓伊为王徽之吹奏《三调》的故事，也就是《梅花三弄》的来历。

后来此曲在民间广为流传，据说明清时期的金陵十里秦淮河上，它是画舫上最为流行的笛曲之一。桨声灯影里，歌妓弄喉，横笛相吹，阵阵清音泛于舟上，秦淮河甚至诞生了"停艇听笛"、"邀笛步"等人文景观。

一曲佳音传千古，笛曲《梅花三弄》永驻人间。

柯亭笛

汉朝光和元年，蔡邕奉汉灵帝之命，发表了对国家大事的评说，触犯了宦官被判罪充军，流放到千里冰封的遥远的北国去。不久，朝廷大赦，蔡邕获释回家。全家大小离开荒凉的雪原，跋涉来到五原地带，不料又得罪了当时的太守王智，只好转道南行，过着无家可归的流浪生活。没料到在这流浪时期，竟制作成了两件流传于世的古乐器——"柯亭笛"和"焦尾琴"。

蔡邕全家到了会稽高迁。这里竹子成林，引起了蔡邕的逸趣，想取竹制笛以消除旅途之劳累。一天午后，他独自到竹林里挑竹料，可是并没有找到合适的，只好扫兴而归，不觉来到柯亭，这个小巧玲珑的竹亭子却吸引住他。他迈步踏了进去，四边瞧瞧，忽然对着屋檐下的竹子数了起来，数到第十六根就停住了，睁大眼睛呆呆地看着，好似想到了什么，马上搬来了一把梯子爬上去对着那根竹子又看又抚摸，越看越爱，并一边喊着："王大哥！王大哥！请把这第十六根竹子给我拆下来。"王大不解地说："亭子昨天才盖好，拆不得啊！你要竹子，后面竹林有的是，我给你去砍来。"蔡邕着急地说："我要的并非普通的竹子，而是丝纹细密，又圆又直，不粗不细的竹子。你看这竹子光泽淡黄又有黑色的斑纹，从里到外都是一根再好不过的制笛材料，林子里的竹子我都找遍了，就没有这么好的，请你还是给我拆下来吧！"王大终于同意了。笛子作成后，果然不同凡响。由于竹子取材于柯亭的缘故，乃取名"柯亭笛"。

酒楼吹笛是新声

李暮是盛唐之际著名的笛子演奏家。他从小学笛，爱笛如痴，曾师从西域龟兹乐手，年少时就因惊人技艺出人头地，后被选为宫廷乐师，因吹笛才华冠绝一时，而被称为"天下第一"。

有一年的正月十四晚，唐玄宗来到洛阳城的上阳宫里赏月，兴致高昂之际，便乘兴演奏了一首自谱的新乐曲。次日元宵，玄宗出宫观灯，忽然听到一家酒楼里隐隐约约传出清新悦耳的笛声，仔细一听，竟然就是昨晚自己演奏的新曲。玄宗大为诧异，忙命人把吹笛人找来。

这个吹笛人正是少年李暮，玄宗简单地问了他的基本情况后，就单刀直入："你在酒楼上所吹的乐曲，是何处学来？"

李暮恭敬地如实回答："回禀皇上，小人昨晚在桥上赏月时，听见从上阳宫中传出的乐曲，因为觉得好听，就用小棍记下了曲谱。今天就按着这曲谱吹奏了。"

玄宗半信半疑，就让他用笛子将乐曲又演奏了一遍。李暮奉旨演奏，没有一个音符是不准的，而节拍也掌握得分毫不差。玄宗听后大为叹赏，觉得这少年是可造之材，就收他为宫廷教坊的乐师。

著名诗人张祜用一首七言绝句记载了李暮听谱奏曲的故事：

平时东幸洛阳城，天乐宫中夜彻明。

无奈李暮偷曲谱，酒楼吹笛是新声。

《春到湘江》

竹笛名曲《春到湘江》是由著名笛子作曲家宁保生于1976年创作的。此曲自问世以来，以其鲜明的湖南花鼓音乐特色，时而跌宕激情，时而流畅如歌的优美旋律，引起了全国广大笛子演奏者的热烈反响。

乐曲表现的是湘江两岸生机勃发的春色美景和湘江两岸人民建设家园的火热干劲及对家乡明天激情满怀的美好憧憬。

乐曲共分引子、如歌的行板、欢腾的快板、尾声等几部分。

引子是一段散板。它着重表现了湘江的春天来临时的激荡之情，广阔而起伏，内涵而激情，展现了一幅碧波滚滚、烟雾缭绕的湘江美景。乐曲抒发了作者对湘江从心底发出的赞美之情，犹如江水的波涛，时而激扬高歌，时而吟唱低回，与船行江中，摇橹划桨的节奏互相映衬，相得益彰，生动地刻画出一幅湘江两岸人民对未来生活的无限向往和歌声荡漾的幸福场景。

湖南花鼓戏的鼓点节奏过门音乐作为非常有特色的中心旋律多次出现，为全曲增添了亮点色彩，使乐曲的情绪热烈中隐含鼓点声声，深情中不乏豪放洒脱。情景交融，诙谐乐观，跃然于笛声之中。排比递进式的节奏音型在中段中多次出现，恰似翻滚的波涛，把情绪层层推向高潮。

李暮吹笛遇高人

乐伎木雕塑像（元）

在《唐宋传奇》里，则记载了李暮吹笛遇高人的故事。

李暮当上宫廷乐师后，有一年因事告假还乡，回到了越州（今浙江绍兴）。当地的达官贵人闻知此讯，都争先恐后地宴请他，为的是一睹"天下第一笛"的风采。

当时越州考上进士的有十人，他们相约凑钱去鉴湖游玩，并邀李暮到湖上吹笛。这其中有一位进士，他的邻居是一个孤老，人称"独孤丈人"，长期隐居郊野，因进士和他谈得来，就邀请这个孤老同去游湖。

到了鉴湖后，只见碧波万顷，风景秀丽，李暮心情大好，手中持笛，命人将船开至湖中心。此时乌云来袭，微风拂浪，波澜欲兴，李暮遂横笛轻吹，笛音清亮，穿透乌云，仿佛天籁之音，令天地万物产生感应。刹那间，风平浪静，水波不兴。李暮曲毕，众人竞相称妙，唯有那独孤丈人一言不发。李暮觉得这老儿是看轻自己，也不答话，寻思片刻，又吹奏一曲。此曲更加妙绝，众人无不说好。可转头看那独孤丈人，依然是沉默无语。

　　李暮按捺不住了，径直问独孤丈人："您不说话，是看不起我呢？还是您自个儿也是吹笛的好手？"

　　独孤丈人不紧不慢地说："你怎么知道我不会吹呢？"众人听他这样一说，都有些惊诧。这时他又说道："这样吧，你试着吹吹《凉州》这支曲子如何？"李暮便依言吹奏。

　　吹完后，独孤丈人点头道："你吹得还行，运气自然，旋律流畅，不过笛声里可是夹杂着一股不小的胡夷音乐味儿，你不会是龟兹后人吧？"

　　李暮大惊，起身拜道："老人家真是神人！我虽不是龟兹后人，可我的老师却是胡夷人啊！"

　　独孤丈人这时又道："你刚才吹的《凉州》第十三叠吹错了，吹到《水调》里去了，你不知道吗？"

　　李暮大感叹服，说："我实不知，恳请老人家指点。"边说便拿出了珍藏在身边的一只好笛，想请独孤丈人吹奏示范。谁料独孤丈人只看了一眼就说："这笛吹到'入破'（乐段专有名词）处将会破裂，你不要可惜它呀！"李暮连说不敢，于是独孤丈人便吹将起来。他吹奏的笛曲高亮清脆，声震九霄，待吹到"入破"处时，果然笛管破裂。李暮于是倒头再拜，恳请老人收自己为徒，在座众人也是赞叹不止。

　　第二天，李暮前去拜访独孤丈人时，谁料他早已飘然远去，不知所踪。

《鹧鸪飞》

　　《鹧鸪飞》原为湖南民间乐曲，全曲的意境来源于李白的一首名为《越中览古》的诗，诗云：

越王勾践破吴归，义士还家尽锦衣。

宫女如花满春殿，至今唯有鹧鸪飞。

　　这首诗描写了春秋时期吴越争霸，勾践被夫差打败后卧薪尝胆，最终称霸的事情，颇有风云历史随时光流逝烟消云散之意。此曲曲韵古朴，深沉含蓄，忧而不伤，清淡冲远。

　　此曲开始时吹奏出一种轻盈、飘忽的意境，向人们展现出一幅淡雅幽远的鹧鸪飞天图。接下来的慢板是静中蕴动，表面听去很是平稳，实则内里暗涌，演奏时通过民间手法夸张地强调出江南丝竹中的颤、赠、叠、打等技巧，令听众感觉到此曲文雅之外，别有活力。慢板之后，进入快板，亦即是全曲的高潮部分。这一部分在演奏者灵活的手指运用和绵长的气息配合下，让人感觉到一种一泻千里的快感，仿佛鹧鸪飞舞、无限灵动。最后的尾声非常简短，与开头呼应，好似鹧鸪飞天而去，渐飞渐远。

图片提供：CFP

诗中缈缈笛音声

吹笛乐伎玉带板（唐）

　　在中国的古典诗词中，笛声总是与离人的思乡情怀联系在一起，而这种思乡情怀在古代的征战场中显得尤为突出。

　　王之涣借笛诉怨，写尽边疆哀思：

> 黄河远上白云间，一片孤城万仞山。
>
> 羌笛何须怨杨柳，春风不度玉门关。
>
> ——《凉州词》

　　李益《从军北征》，征战的艰苦，思乡的种种，全在哀怨的笛声中：

> 天山雪后海风寒，横笛遍吹《行路难》。
>
> 碛里征人三十万，一时回首月中看。

而《夜上受降城闻笛》则描绘出"受降城"中戍卒之苦和思乡之痛：

> 回乐烽前沙似雪，受降城外月如霜。
>
> 不知何处吹芦管，一夜征人尽望乡。

王维《陇头吟》写老将难挡笛声的凄清：

> 陇头明月迥临关，陇上行人夜吹笛。
>
> 关西老将不胜愁，驻马听之双泪流。

王昌龄更是在诗中吟咏征夫思妻心切：

> 烽火城西百尺楼，黄昏独坐海风秋。
>
> 更吹羌笛关山月，无那金闺万里愁。
>
> ——《从军行》

笛声化做了征夫心底最缠绵的那一缕思乡情怀，更传递出了战争的残酷与人生的苦难。

笛音悲凉，不但让边疆征夫心中的乡愁绵延不绝，更让离家的游子和思旧的诗人感怀不已。游子离家千里，面对春光无限，反倒离愁暗生。堂堂一国之尊的李煜，落入亡国被掳的境地后，身陷囹圄的他愁上心间，耳闻月下笛声，不禁泪湿衣襟：

闲梦远，南国正清秋。

千里江山寒色远，芦花深处泊孤舟，笛在月明楼。

——《望江梅》

《望江梅》中，李煜思故国；《酬乐天扬州初逢席上见赠》中，刘禹锡念旧友："怀旧空吟闻笛赋，到乡翻似烂柯人"，自己一生在外，到老还乡，哪知故友纷纷谢世，唯有隔空悼念而已。凄凉的笛音，点染出诗人感怀旧事的心音，寄托着他们思友、思乡、思国的心情。

笛声可怨，亦可悦。

宋诗中的笛更多的是表达出一种旷达、潇洒的意味。

陆游榕阴吹笛，豪气不减："白发未除豪气在，醉吹横笛坐榕阴。"（《度浮桥至南台》）

黄庭坚虽官场失意，却豁达开怀，洒脱无羁："风前横笛斜出雨，醉里簪花倒著冠。"（《鹧鸪天》）这里的笛声，一定是高亮、清越、雄浑的，吹的是那一份超越俗世纷扰，看破红尘风云的孤傲之意。

而当笛声从村落山庄中袅袅升起时，则为闲适、自由的田园风光横增野趣。在这些诗篇中，有写"牧童归去横牛背，短笛无腔信口吹"（雷震《村晚》），有写"牧童避雨归来晚，一笛春风草满川"（陆游《杂感》），更有写"平川十里人归晚，无数牛羊一笛风"（杨基《春草》）。同是写牧童吹笛，众诗人落脚点不同，牧童吹笛的乐趣，乡村生活的美好与宁谧都已在诗的字里行间。此外，"渔笛一声天地秋"、"醉笛一声风弄"、"夜凉吹笛千山月"等词句亦描绘出了笛声中蕴藏着的那一股淡泊、出尘的雅意。

一曲笛音，千万气象，能起悲思，能抒豪情，亦能化解愁怨，赏人心目。穿越历史的浩荡星空，千载之下让我们潜心听笛用心读诗，品味笛子与中国历史的不灭情缘。

《姑苏行》

　　《姑苏行》由我国著名笛子演奏家江先渭创作。全曲旋律优美典雅，悠扬婉转，意境深远，展现了苏州城的秀丽风光和人们在其中游览时的愉悦心情。

　　乐曲的引子非常宁静，然而静中蕴动，通过旋律的起伏酿造了情绪的波动，仿佛游人未至景点前先遐想一番。然后是抒情的慢板，演绎得非常恬静、优雅，仿佛游人刚来到景点，移步换景，看到的是小桥流水、亭台楼阁的古典园林，赏心悦目，游兴倍增。随后是热情欢快的小快板，表现了游人情绪逐渐变化，雀跃、欢欣的游玩场面。最后冲至高潮，欢快高兴的游园之情达到顶峰。尾声则是旋律舒缓，表现出夕阳西下，游人恋恋不舍，最终离去的情境。

悠悠古音

第六章

箫管遗音

碧瓦鸳鸯势欲飞，禁门深静日迟迟。
玉箫吹遍新传谱，坐看黄鹂数换枝。

——宋 张公庠《宫词》

月下吹箫图 费丹旭（清）

青山隐隐水迢迢，秋尽江南草未凋。

二十四桥明月夜，玉人何处教吹箫。

——杜牧《寄扬州韩绰判官》

　　不知何处的玉人吹响了幽幽的箫声，唐代大诗人杜牧的这诗中箫声让这月下的山水景致染上了一层迷蒙的美。

　　这里的箫，指的是洞箫。历史上的洞箫，与笛同源，其鼻祖为骨哨，在之后的发展中曾被称为"籥"、"篴"等。唐代以前，笛、箫通常不分，至唐代，两者逐渐有了区别，横吹有膜孔称为笛，竖吹无膜孔称为箫。而此前史书上记载的箫大多特指编管的排箫。洞箫多为竹制，单管，竖吹，是一种吹奏起来音色柔美圆润、幽远典雅的乐器。

　　箫在中国历史上的文化地位极高，可以媲美古琴，故为文人墨客所钟爱。宋代大文豪苏东坡曾在《赤壁赋》中极写箫声之美："如怨如慕，如泣如诉，余音袅袅，不绝如缕，舞幽壑之潜蛟，泣孤舟之嫠妇。"

　　箫这样简单的竹制乐器，虽然外形朴素，却内蕴贵族气质。它是高贵的，它的品性不容俗世的玷污；它也是潇洒的，简单到可以一箫一剑走江湖。箫声响起的时候，世界都安静下来，无限的心事在箫的乐音中默默流淌，令人怀咏不已。

萧的制作工艺

选　料

制箫与制笛有相通之处，却又不尽相同。最重要的亦是选材，好的竹子对箫的音色有极大影响。适合箫的竹材范围很广，如桂竹，石竹，孟宗竹，四方竹，紫竹，白竹，玉屏竹等都在考虑之列。一般选取生长五年左右的竹最为理想。

烤　竹

选好适宜的竹子之后，截取材料，粗刨后用火将竹烤热，用以将弯曲部分烤直。

夹扁竹

夹扁竹工序处理，即用铁钳从头至尾依次夹竹，使之成为椭圆形扁竹，并用木夹将之校直。

通　膛

用特制钢条将竹节打通。再用长圆锉及砂纸条打磨竹的内膛，使之光滑达标。

定 位

即根据不同的口径标准，在竹材上将指孔和吹孔的位置画好，亦即定调。

开吹口

用刀具开出标准的吹口，并将箫顶端部位打磨光洁。

钻 孔

在已定位处由下至上钻出指孔和出音孔。钻孔时已经可以调试音准了。

上漆和雕刻

在洞箫身上画出图案或题词，用刻刀调出，再上漆，上色。如果箫本身不上漆，则用抛光机将箫身打磨抛光。

吹箫引凤觅佳偶

人吹彩箫去，天借绿云还。

曲在身不返，空余弄玉名。

李白的这首词，写的是一个有关箫的爱情故事，灵动、飞扬，充满瑰丽的迷人色彩，和箫本身的气质一脉相承。

据《列仙传》及《东周列国志》记载，春秋时期，秦穆公有一个名唤弄玉的爱女，长得是花容月貌，又生就慧心巧思，精通音律，善于吹笙。

有天晚上，弄玉闲来无事，便在宫中吹起笙来，蓦然间，只听得隐隐约约似有和声从远处传来，精妙无比，堪称仙乐。弄玉非常高兴，便将此事告诉了父亲，恳请他寻访此人。原来，之前秦穆公欲将弄玉婚配，但弄玉不从，她告诉父亲自己善于吹笙，她的丈夫也必须是个懂乐之人。秦穆公无奈，只得命大臣前去寻访。大臣几经探寻，居然真在华山找到了一位童颜仙骨、面如朗月的青年男子。此人名叫箫史，最善吹洞箫，箫声可远达数百里，令听者流连忘返。

大臣便将箫史带回朝廷，然而穆公见他只会吹箫，不会吹笙，就想打发他走。可躲在帘后观看的弄玉见箫史风度翩翩，俊朗潇洒，早就一见倾心了。因此悄悄对穆公说："父王，何不让他吹箫试试？"穆公自然不便拂逆女儿心意，便让箫史吹起洞箫。

吹箫引凤图 仇英（明）

　　这个浪漫的爱情故事被后世的画家仇英画了下来，制成了一幅色彩浓丽、境界宏大的《吹箫引凤图》，现藏于北京故宫博物院。

　　箫史依旨吹奏起洞箫来。一曲吹完，如仙乐飘飘，动听悦耳；二曲吹罢，五色祥云翩然飞至，大殿上五光十色，令人目眩；三曲吹毕，百鸟齐至，凤翔于天，鹤鸣在地，一派仙境风光。

　　在场众人看得是目瞪口呆。秦穆公便问箫史："你吹箫如何引来这许多鸟？"箫史答道："在下的箫声可引来凤凰，而凤凰为群鸟之首，因此其他的鸟都跟着来了。"秦穆公惊叹不已。他知道女儿对此人定是芳心暗许，当下便把弄玉许配给了箫史。

　　而后两人成亲，住到了穆公特地为他们起建的凤台上。两人日夜笙箫合奏，恩爱无比。这一夜，夫妇俩正在月下合奏，忽然从空中飞来一对金龙彩凤，双双落到凤台上。于是箫史乘龙，弄玉骑凤，东去华山，后飞升至仙界，做了一对人见人羡的神仙眷侣。

　　笙箫合奏，一如琴瑟和谐，两样乐器的和鸣，成就了一段美丽姻缘。

　　华山上有好几处景致以弄玉吹箫命名，如"玉女峰"、"引凤亭"等，留下佳话。

《平湖秋月》

　　近代广东音乐名家吕文成当年游西湖，见美景，触动灵感，于是创作了又名《醉太平》的《平湖秋月》一曲。曲中融广东音乐风格与江南丝竹的韵味于一体，旋律优美灵动，描绘了一幅素夜月静山水的秀丽景致，抒发了作者"人在天然淡泊间"的心境，使人从中体会到几分远离尘嚣的幽远气韵。

　　清秀悦耳、典雅幽静的洞箫声引人遐想，仿佛置身于月映平湖的宁谧景致中。旋律徐缓，节奏轻盈，静中蕴动。洞箫声高亮时，如同湖面起风，淡然的景致中拓出一种更为广阔的境界。在水天一色、月色照人的美景中，人备感胸怀开阔，体味到一种淡泊明志、宁静致远的感受。曲音回落时，像微风拂过湖面，荡起涟漪后又归于平静，平湖秋月重归安宁，人心也愈发享受到一种高雅宁和。

　　一首《平湖秋月》，一场江心秋月白，一种人生淡泊的心态，尽在这悠悠的箫声中。

吴市吹箫话悲凉

箫声可以优雅，也可以悲凉。在中国的历史上，箫也曾演绎出那一份人生的悲壮，呜咽如风，动人心魄。

春秋时期楚国人伍子胥一家无故获罪，他身负父兄之仇，远逃他国。楚王不肯罢休，命人四处张贴其画像。伍子胥行至昭关，见自己画像高悬关口，一时忧急攻心，一夜白了头。幸得巧遇名医扁鹊之徒东皋公，他为伍子胥找来一位容貌相似的人。在东皋公的安排下，此人身着伍子胥之服，行色慌张地路过昭关，故意被守卫抓住。而伍子胥因满头白发，趁守卫松懈之际，巧妙混出关外。

伍子胥一路流亡，逃到了吴国的都城，此时的他，白发苍苍，衣衫褴褛，形如枯槁，劳乏饥渴，莫可名状。他唯有吹起携带在身边的箫，以此乞食。历经血海深仇，流亡辗转，过往的种种在伍子胥的眼前浮现。他吹出的箫声中，也隐约透出那份人生的沧桑。破败的衣衫掩盖不住吹箫人的一颗高贵的心，太子光从这箫声中认出了伍子胥，想尽一切办法留下了他。终于，太子光成为吴王阖闾，而伍子胥也被拜为卿相。

公元前506年，吴王阖闾率兵攻楚，一举打下了楚都郢。伍子胥身怀父兄之仇，满腔怒火激上心头，掘开楚王墓，鞭尸三百，以雪前恨。之后，伍子胥尽忠吴王，曾为吴国称霸立下汗马功劳，但最终因进谏不纳而被夫差杀害。其人虽死，精魄未亡，就像那日夜翻腾不止的钱江怒潮，和着一份苍凉沉郁的箫声，穿透历史的星河，感动今人的心怀。

悲歌一曲楚军败

　　秦末楚汉争霸之际，楚霸王项羽中了韩信十面埋伏之计，被逼至垓下。韩信率军将楚营团团包围，双方僵持不下。然而项羽骁勇善战，其手下亦忠心不改，几番血战折兵不少，却壮志未减。他们直待杀出重围投往江东，以图东山再起。

　　刘邦问计诸侯，谋士张良手持洞箫上前道："大王放心，项羽虽有八千子弟兵，却敌不过我区区一只洞箫。"刘邦不解，张良微微一笑，只说攻心为上，静待佳音。

　　深秋风霜愈重，月夜寒砭肌骨，被重重包围的楚军，连日来辎重丢失，粮草将尽，伤兵残将，满目苍凉。这时，忽听得远远一缕箫声自汉营中升起，飘至楚营。这呜咽的箫声低低倾诉着哀思，忽高忽低，时远时近，似哭如泣，像家乡的老母呼唤孩儿，又似年轻的娇妻思念夫婿。箫声伴着汉营里的歌声刺入每一个楚军将士的心中：

　　十年征战归无期，千里从军几人回？

　　倘若战死沙场上，白发爹娘依靠谁？

这歌声如此熟悉，正是楚地民歌，楚营的士兵忍不住闻声落泪，想到自己跟着项羽南征北战，离家数载，身陷重围，归家遥遥无期。霎时，他们从前的壮志雄心化为灰烬，唯余儿女情长，柔肠百转。谁料到这正是张良的妙计，他吹奏起楚地民歌，为的就是瓦解楚人的斗志。

四面楚歌大乱军心，项羽听到箫歌，以为楚地尽失，将士离散，百感交集。而帷帐中，宠妃虞姬自刎身亡，更令他哀矜痛哭。一代霸王项羽英雄末路，唯有骑上一直相伴身旁的乌骓马杀出重围，一口气冲到了乌江边。乌江日落，豪气顿消，项羽仰天长叹，拔剑自刎。

瓷箫

在大家的记忆里，箫都是竹或木做的，历史上还有一种著名的箫，用它吹出的箫声如同空山鸟鸣，音色纯正优美，仙乐一般，这就是瓷箫。

明代福建德化窑仿照竹箫烧制成的瓷箫，在清代陆廷灿的《南村随笔》中就有记载："德化瓷箫，色莹白，式亦精好，但累百枝，无一二合调者，合则其声凄朗，远出竹上。"

精心烧造的白釉瓷箫，天然本色，如同脱俗的士子，没有一点矫揉造作。以至于烧制出来的一百支箫中，只有一两支符合雅士的标准，能发出令人满意的箫声。可见瓷箫的珍贵难得。但是这珍贵的瓷箫即使再过上千年，也一样能发出美妙的乐声。

"二十四桥明月夜，玉人何处教吹箫。"在月明星稀的夜晚，听着玉人悠悠的箫声，这种情境怎能不令人向往呢？若玉人吹的箫刚好就是一支白釉的瓷箫，典雅与悠扬合拍，这就是经典。

从来箫品似人品

竹箫

清人袁枚说："箫来天霜，琴生海波。"洞箫和古琴，是古代文人最喜欢的两样乐器，古典而高雅，代表了文人最素朴的理想。箫由竹制，自然箫身上带有了竹的品性，高洁、出尘、不落俗。文人雅士钟爱箫，是因为箫品似人品，在箫的身上寄托了他们的人格、情怀和理想。

古时文人自视甚高，因而对与之往来的友人要求更高，举动中若沾有一丝俗气便不入法眼。他们这样孤介的脾气，恰与箫那脱俗、高贵的气韵互相投合。古人吹箫，多不用"吹"这个字，而是称之为"品箫"。箫能当得起文人之品，因而品箫之人也需有极高的道德修养和气节情操。正应了中国的一句古语："玉可碎不可损其白，竹可焚不能毁其节。"品箫之人，也需要有一种不折不屈的慨然风度，才能吹出这一股出尘超俗之音。

明初画家王绂（字孟端，号友石生），曾涉途于官场，却志气高逸，不欲与人合谋而遭连罪。他身处厄境却神容自若，寄情于山林泉石，意气爽迈。王绂最喜竹，以画墨竹而闻名于世，更对箫情有独钟，这是因箫不凡的品性契合其心。

　　有一晚，王绂在京城旅舍休息，忽然听到隔壁传来一阵幽幽的箫声，清远典雅，非常动听。王绂听后触发灵感，当下提笔挥毫作了一幅墨竹画。次日天明，他便身携竹画前去寻访吹箫之人。王绂心想，能吹出此音的人定是一位儒雅之人，或可结为知音。谁知，这箫声竟是由一位商人所吹。这商人久闻王绂大名，又见有名画相赠，不由心花怒放。于是他马上带了珍贵的鹿茸前去回访，并请王绂再为他作幅画。王绂见此人不过是一平庸之辈，大失所望。他仰面大笑道："人为箫而访，汝以箫材报。汝俗子也。"言毕，索回原画，当着商人的面将它撕个粉碎。

　　由此可见，后人评价王绂"舍人风度冠时流，笔底江山不易求"诚非虚言。

袁枚像
　　袁枚（1716~1797），清代诗人、散文家。字子才，号简斋，晚年自号仓山居士、随园主人、随园老人。

《苏武牧羊》

　　《苏武牧羊》全曲内容取自汉武帝时苏武出使匈奴的故事。苏武奉命出使匈奴时被劝降，他坚决不从，故被囚禁至北海放牧公羊。匈奴声称要等公羊生仔后才放他走。苏武不怕艰苦和折磨，历经风霜十九载始得还朝。后人据此编写了《苏武思君》、《苏武牧羊》、《苏武思乡》等音乐作品以示纪念和赞颂。改编成箫曲后的《苏武牧羊》保留了原曲的结构，曲调流畅、朴素，具有北方民歌风格，赞颂了苏武坚贞不屈的气节和爱国情操。

　　乐曲营造出一种冰天雪地、寒风呼啸的北国景象，苏武身着破衣，手持汉节，肃穆而悲壮地立于风雪中。苏武想起背信弃义的匈奴单于和自己在北海的辛酸遭遇，一时间悲愤、痛苦、坚决、思念等种种情绪交杂在一起，百感莫名。当箫声渐渐淡然时，如同严冬中吹来的一缕春风，透露出一丝希望的讯息。

箫声可激昂，可低沉，与文人脾性相投。寄箫抒情，文人和箫，成了千古不变的知己。王褒曾在他的《洞箫赋》中称箫是"澎濞慷慨，一何壮士，优柔温润，又似君子"。

箫声可萧索，可沉郁，听众"闻其悲声，则莫不怆然累欷，撇涕搵泪"（王褒）。失意的人生，更当不得一缕勾魂的箫声。岳珂在《满江红》里慨叹棒打鸳鸯，"洛浦梦回留珮客，秦楼声断吹箫侣"；吴文英在《惜黄花慢》中渲染离别伤悲，"仙人凤咽琼箫。怅断魂送远，《九辩》难招"；高观国则在《菩萨蛮》中牵扯出羁绊在游子心底的客途秋恨，"客醉倚河桥，清光愁玉箫"。洞箫呜咽，叫人感伤抑郁，道尽了人生的悲意。

箫可幽怨，亦可清远。李煜在《玉楼春》中的箫声尽显华贵、清逸气象，那是"凤箫吹断水云闲，重按霓裳歌遍彻"；朱敦儒作《念奴娇》，"雾冷笙箫，风轻环佩，玉锁无人掣"，写他神游物外，游转仙宫的经历；刘辰翁题《鹊桥仙》，"吹箫江上，沾衣微露，依约凌波曾步"，江水箫声，追念昔日生涯。

当然，写得最富诗意，最有朦胧美的，还是首推杜牧的诗《寄扬州韩绰判官》：

青山隐隐水迢迢，秋尽江南草未凋。

二十四桥明月夜，玉人何处教吹箫。

箫声隐约，和着水气，并不见吹箫人，令人疑幻疑真，几疑身在梦中。这样的景致，既迷蒙，又温馨，还掺杂着一丝慨叹，更有无限的思慕在其中。

箫声极难得用以表现浩大的盛景，然而在辛弃疾的《青玉案》中，却写出了元宵佳节的都城汴京欢腾繁盛的景象——"凤箫声动，玉壶光转，一夜鱼龙舞"，人世的繁华也不过如此吧。

而在柳永的《望海潮》中，除了生活的富丽之外，还写出了一番风流典雅的韵致："乘醉听箫鼓，吟赏烟霞。"就是这首词，传到了金主完颜亮的耳中，令他对宋朝的生活觊觎不已，遂率大军南侵。

文人爱箫，爱的是那一缕箫管遗音，凝重与飘逸并举，哀怨和清远共存。

《春江花月夜》

《春江花月夜》原为琵琶名曲《夕阳箫鼓》，19世纪初，柳尧章、郑觐文首次将此曲改为丝竹合奏的民族管弦乐曲，同时根据《琵琶记》中的"春江花朝秋月夜"更名为《春江花月夜》。1949年后改此曲又经过多次改编，在东南亚一带演出时广受好评，被誉为"来自天国的仙乐"。

此曲旋律古朴、典雅，节奏舒缓、抒情，表现出优美的景色和深远的意境。全曲共分为十段，每一段都有一个小标题，分别为：江楼钟鼓、月上东山、风回曲水、花影层叠、水深云际、渔歌唱晚、回澜拍岸、桡鸣远濑、欸乃归舟和尾声，乐曲结构严密，颇具古典美。

第一段，由琵琶模拟出鼓声，箫和筝连贯奏出轻微波音，描绘出江面夕阳熏染，微风轻拂的美景，拉开"春江花月夜"的序幕。

第二段至第四段，由琵琶起奏，旋律上行下至，跌宕流淌，就似夕阳西下，月上东山，而江面微风习习，水波初兴，繁星点点，倒映江中，美不胜收。尤其是花影层叠这一段，更描摹出繁花盛放，花影摇动江水光，相互辉映的盛景。

第五段乐队齐奏，速度加快，筝配合二胡、琵琶等乐器，点染出江天一色的壮阔景象。之后的第六段则以箫和琵琶描画出渔翁晚归，悠然吟唱的闲适心态。

第七段是全曲的第一次高潮，全乐队合奏，描绘出渔舟破浪前行，惊涛拍岸的景象。第八段用筝划奏，声如流水，曲调不断加快，力度加强，层层渲染波涛翻滚，橹声加急的意境。

到了第九段，全曲进入真正大高潮，延续七、八两段的激烈，在古筝和琵琶的衬托下，乐队合奏。此刻的春江归舟破水，浪花四下飞溅。而笙、箫的加入更让音乐情境丰富、生动。

最后一段的尾声节奏变缓，就像江面涟漪散去，水波不兴。箫声收尾，悠远绵长，令人沉湎于春江花月夜中的美丽景色中，久久不欲离去。

读图时代 优雅中国

江南衣裳
定价：26.00元

中式的优雅
定价：26.00元

爱上青花瓷
定价：26.00元

紫玉金砂
定价：26.00元

十二月花神
定价：26.00元

美人装扮
定价：26.00元

城市里的禅心
定价：26.00元

美人美茶
定价：26.00元

悠悠古音
定价：26.00元

邮购须知

一、邮局汇款

1. 收款人地址：湖南省长沙市东二环一段622号湖南美术出版社有限责任公司
2. 收款人姓名：邮购部
3. 邮　　编：410016
4. 请务必用正楷准确填写汇款人详细地址、姓名、邮编和联系电话。确保您能及时收到图书
5. 汇款人附言栏内请写明您所购图书的书名、定价、册数（如需发票请注明）

二、银行汇款

1. 开 户 行：工商银行长沙市韶山路支行
2. 账　　号：1901007009004670792
3. 开户名称：湖南美术出版社有限责任公司
4. 汇款后请您把汇款凭证复印件收件人名称、地址、邮编、订购图书的名称、联系电话一并
   传真至 0731—84787037

三、其它

1. 特别注意：如需特快专递每单加收特快专递费用20.00元
2. 如有垂询请致电：0731-84787604